100 JOURS
POUR RÉUSSIR SON BAC

MATHILDE FOUQUÉ

100 JOURS POUR RÉUSSIR SON BAC

AVEC

MATHILDE

hachette

@mathildestudy

Au programme...

Moi, toi, nous !

Salut. Je m'appelle Mathilde, j'ai 19 ans et, depuis maintenant près de cinq ans, je partage ma vie étudiante et je donne des conseils sur les réseaux sociaux. Tout a commencé quand j'étais en troisième ; enfin, si je suis honnête, tout a commencé dès ma rentrée en petite section de maternelle. Depuis que je suis petite, j'aime beaucoup l'école, je joue à la maîtresse et essaie d'être pédagogue pour aider les autres. Sur mon bulletin de grande section, ma maîtresse a même écrit : « Mathilde est la deuxième maîtresse de la classe. »

Tout au long de ma scolarité, j'ai essayé de mettre au point des techniques, pour moi dans un premier temps, puis pour les autres. Chez moi, mettre au point ces outils a toujours été assez naturel, donc en entrant au lycée, lorsque j'ai commencé à m'intéresser sérieusement aux différentes méthodes d'apprentissage, j'ai tout de suite adoré.

Avant de commencer, un petit aparté me semble important. J'ai toujours été dans les premières de la classe, quelqu'un qu'on peut qualifier d'« intello à lunettes », mais j'aimerais briser ce cliché tout de suite. Oui, je suis « intello », et fière de l'être. Mais je suis aussi bavarde, sportive et casse-cou. Je sais que beaucoup d'entre nous évitons d'apparaître comme « bons à l'école » car nous craignons le jugement des autres, nous avons peur d'être mis à l'écart, qu'on nous prenne pour des « intellos ».

Mais arrêtons donc, l'image de l'intello qui circule dans les films est caricaturale. Quelqu'un qui se fait harceler, qui est dans son monde, qui ne veut pas aider les autres ? Non, ce n'est pas parce que tu es « bon à l'école » que tu ressembles à ce personnage ! Tu restes toi-même, avec tes qualités et tes défauts, et contrairement à ce que tu peux penser : oui, réussir à l'école, c'est cool. C'est cool si tu te comportes bien avec les autres. Si tu aides tes camarades, si tes bonnes notes ne te rendent pas arrogant, méprisant envers ceux qui en ont de moins bonnes que toi. Si tu es dans le respect de l'autre, les gens t'aimeront, que tu soies « intello » ou non.

En plus, ce livre n'est pas forcément là pour faire de toi un « intello ». Je veux simplement dire à celles et à ceux qui s'empêchent de l'être par peur du jugement des autres et qui, au contraire, font les intéressants en se comportant mal avec les professeurs... que ça ne sert à rien. Soyez vous-même et travaillez pour votre avenir.

En ce qui me concerne, j'ai décidé de me lancer sur les réseaux sociaux pour faire ce que je faisais déjà avec mes camarades de classe, mais à plus grande échelle : t'aider quand tu en as besoin, te transmettre mes méthodes, mes fiches ; t'expliquer les épreuves qui arrivent et te tenir au courant des dernières actualités éducatives. C'est ce que je fais sur TikTok, Instagram et YouTube, où je te raconte en plus un peu ma vie au lycée, et maintenant dans le supérieur.

Mais assez parlé de moi ! Maintenant que tu me connais, à ton tour de me dire qui tu es. Bon, la vérité c'est qu'on n'est pas ici sur les réseaux sociaux, et que tu ne peux pas me répondre, mais je vais quand même tenter de le deviner...

Si tu lis ce livre, c'est probablement que tu passes un examen dans quelques mois, probablement le bac ou une de ses épreuves anticipées. Aussi, j'imagine que tu es totalement angoissé ? Ou au contraire, pas du tout ? Je suis persuadée que parmi vous il y a les deux cas de figure et... c'est normal.

À l'approche d'un examen important, nous nous partageons souvent en deux groupes.

La *team* des stressés est celle de ceux qui se rendent compte de la montagne de choses à savoir pour la date fatidique, et qu'ils n'auront pas le temps de tout réviser. Ils ne savent pas comment s'y prendre et craignent d'échouer par manque de confiance en eux.

La *team* du déni est celle de ceux pour qui, après tout, si on n'en parle pas c'est que ça n'existe pas... Donc de ceux qui procrastinent et ne veulent pas voir la vérité en face. C'est un mécanisme de défense du cerveau pour éviter l'état d'angoisse.

Qu'importe l'équipe de laquelle tu fais partie, je te promets que ce livre pourra t'aider. Je vais te donner mes astuces et mes méthodes, que tu pourras appliquer tout au long de l'année, et te prendre par la main en t'accompagnant jusqu'au jour de l'examen pour que tu te présentes aux épreuves, ni anxieux, ni en touriste, mais vraiment de façon sereine (et quasiment avec le sourire).

Mon objectif est que tu gardes un bon souvenir de cette année et que tu la finisses avec brio en obtenant le bac. Bon allez, c'est parti, moins de bla-bla, plus de sérieux, le bac approche !

Épreuves du bac, points et coefficients

Retrouve l'histoire du bac dans cette vidéo !

En France, le baccalauréat tel que nous le connaissons remonte à 1808 et à Napoléon Bonaparte. À l'origine, il est réservé aux garçons et vise principalement les études littéraires. Au fil du temps, il se diversifie, intègre des disciplines scientifiques et techniques. En 1924, il s'ouvre aux filles, marquant une étape dans l'égalité d'accès à l'éducation. C'est dans les années 1960, sous l'impulsion de réformes éducatives, qu'il devient plus accessible, accompagnant la massification scolaire. Aujourd'hui, le « bac » est un rite de passage marquant la fin du lycée. Il a, dans son histoire, connu de nombreuses réformes, dont la plus récente en 2021, visant à moderniser son format avec des épreuves en contrôle continu.

Ce que j'ai réalisé durant mes années lycée, c'est que très peu de mes amis étaient au fait de ce qui les attendait. Ils ne savaient pas exactement à quelles épreuves ils seraient confrontés et comment elles se dérouleraient. Ni même comment serait noté le bac et comment seraient répartis les points du contrôle continu et ceux des épreuves. Aussi, avant de passer à la partie méthodes – et parce que je suis convaincue qu'il faut savoir où est notre ligne d'arrivée avant de commencer –, faisons un topo sur le bac.

Attention, ce développement s'adresse à un bachelier sans option ni section internationale. Je te conseille de regarder sur le site du gouvernement et de te renseigner auprès de tes professeurs si tu as des enseignements particuliers.

Le diplôme national du baccalauréat est noté sur **2 000 points.**

Le contrôle continu compte pour 40 % de la note finale. C'est la moyenne annuelle des bulletins scolaires de première et de terminale dans chacun des enseignements suivants :

- Les épreuves du **tronc commun** qui ne sont pas l'objet d'une épreuve en terminale :
  - l'histoire-géographie,
  - l'enseignement scientifique pour la voie générale, ou les mathématiques pour la voie technologique,
  - les langues vivantes A et B,
  - l'éducation physique et sportive,
  - l'enseignement moral et physique ;
- L'enseignement de spécialité que l'on suit uniquement en classe de première ;
- Tous les enseignements optionnels.

Ce que l'on appelle **le contrôle terminal**, ce sont les épreuves proprement dites. Leur résultat compte pour **60 % de la note finale**.

Les épreuves du contrôle terminal

Il y a **deux épreuves de français**, Elles sont dites « anticipées », parce que tu les passes dès la fin de la première. Elles consistent en une épreuve écrite et une épreuve orale. À partir de juin 2026, il pourrait s'y ajouter une épreuve anticipée de maths.

FRANÇAIS (fin de la 1re)

Écrit (4 h)

Voie générale

Tu as le choix entre :

Un **commentaire de texte** sur une œuvre et un auteur inconnu
→ – de bachotage nécessaire
→ + imprévisible
→ + de place pour le risque

Une **dissertation** avec une question à propos d'une des 4 œuvres que tu as étudiées durant l'année.
→ + de bachotage
→ – imprévisible

Voie technologique

Tu as le choix entre :

Un **commentaire de texte** sur une œuvre et un auteur qui n'est pas au programme
→ – de bachotage nécessaire
→ + imprévisible
→ + de place pour le risque

Une **contraction de texte** suivie d'un **essai** avec une question à propos de l'œuvre étudiée en classe
→ + de bachotage
→ – imprévisible

L'idéal, c'est de maîtriser les 2 exercices pour te laisser le luxe du choix !

Oral

(30 min de préparation + 20 min de passage)

L'épreuve de 20 minutes
devant un professeur de français
se déroule en 2 temps

1 Une partie **analyse** (12 min/12 points) :
➔ lecture puis analyse d'un texte étudié en classe (16 textes pour la voie générale, 12 pour la voie technologique)
➔ question de grammaire

2 Une partie **entretien** (8 min/8 points) :
➔ présentation de 3-4 min d'une œuvre de ton choix (lecture au programme ou lecture cursive)
➔ échange (questions-réponses) avec le jury

PHILO (fin de la terminale)

L'épreuve écrite de philosophie (4 h) est un peu sur le même modèle que l'épreuve écrite de français.

Tu as le choix entre une explication de texte philosophique et deux dissertations avec une question qui mêle plusieurs des 17 notions au programme.

SPÉCIALITÉS (fin de la terminale)

Les deux épreuves pour les enseignements de spécialité suivis par l'élève en terminale.

Grand oral (20 min de préparation + 20 min de passage)

Il se déroule devant un jury composé de deux professeurs, dont au moins un enseigne une de tes spécialités. L'oral est divisé en deux parties.

Exposé (10 min)

L'objectif est de répondre en 10 min à l'une des 2 problématiques que tu auras préparées durant l'année. Ces problématiques doivent nécessairement être en lien avec le programme de tes spécialités.

Échange avec le jury (10 min)

Pas de secret ! pendant les 10 dernières minutes, tu as le droit à des questions propres à ton jury et à ton sujet.

Des notes et des coefficients

BAC GÉNÉRAL

Contrôle continu (40 % de la note)

Matière	*Coefficient*
Histoire-géographie	**6** (3 moyennes de 1re + 3 moyennes de tale)
Enseignement scientifique	**6** (3 moyennes de 1re + 3 moyennes de tale)
Éducation physique et sportive (EPS)	**6** (épreuves durant l'année de tale)
Éducation morale et civique (EMC)	**2** (1 moyenne de 1re + 1 moyenne de tale)
Langue vivante A (LVA)	**6** (3 moyennes de 1re + 3 moyennes de tale)
Langue vivante B (LVB)	**6** (3 moyennes de 1re + 3 moyennes de tale)
Enseignement de spécialité suivie en 1re	**8** (3 moyennes de 1re + 3 moyennes de tale)

Épreuves (60 % de la note) — Matière	Coefficient
Épreuves anticipées de français en 1re	**10** (5 pour l'oral, 5 pour l'écrit)
Philosophie	**8**
Spécialité A	**16**
Spécialité B	**16**
Grand oral	**10**

BAC TECHNOLOGIQUE

Contrôle continu (40 % de la note)

Matière	Coefficient
Histoire-géographie	**6** (3 moyennes de 1re + 3 moyennes de tale)
Mathématiques	**6** (3 moyennes de 1re + 3 moyennes de tale)
Éducation physique et sportive (EPS)	**6** (épreuves durant l'année de tale)
Éducation morale et civique (EMC)	**2** (1 moyenne de 1re + 1 moyenne de tale)
Langue vivante A (LVA)	**6** (3 moyennes de 1re + 3 moyennes de tale)
Langue vivante B (LVB)	**6** (3 moyennes de 1re + 3 moyennes de tale)

Épreuves (60 % de la note)

Matière	*Coefficient*
Épreuves anticipées de français en 1re	**10** (5 pour l'oral, 5 pour l'écrit)
Philosophie	**4**
Spécialité A	**16**
Spécialité B	**16**
Grand oral	**14**

Synthèse de la répartition des coefficients pour le calcul de la note au baccalauréat (session 2025)

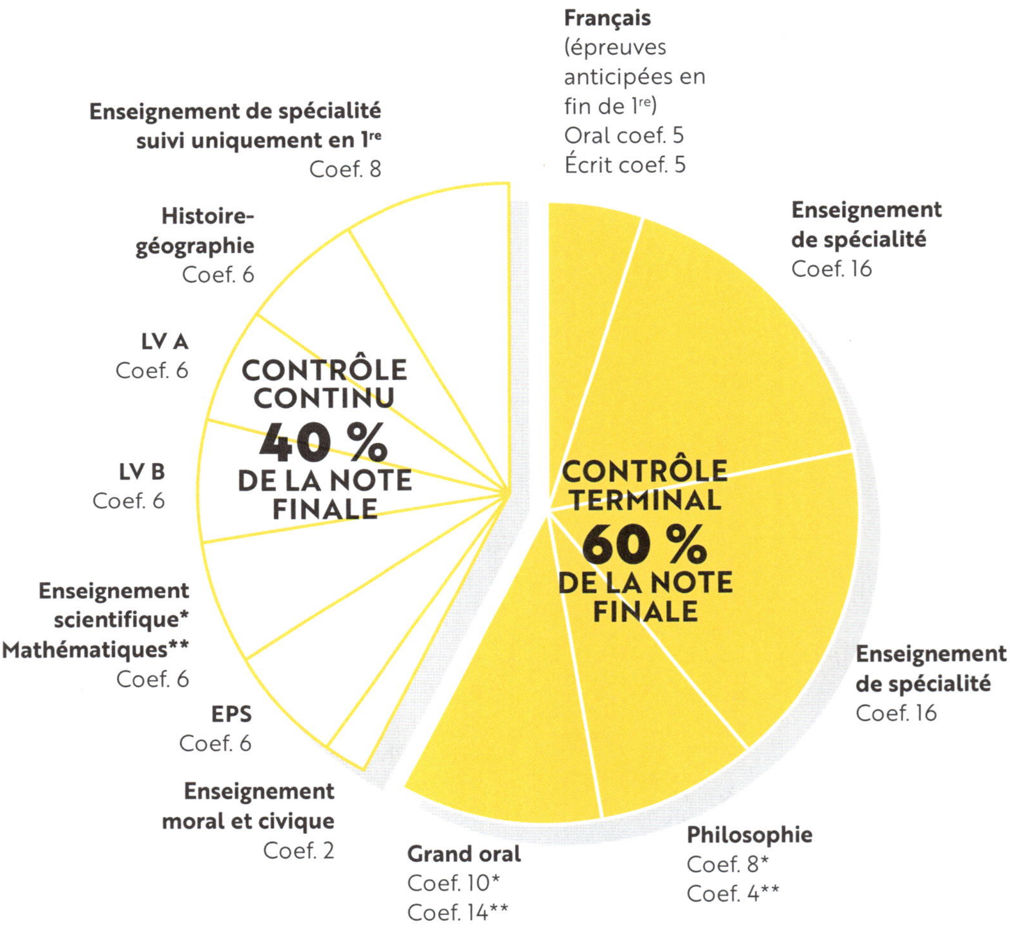

Enseignement optionnels
Coef. 2 à 4 supp.***

*En voie générale
**En voie technologique
***2 si suivi uniquement une année, 4 si suivi en 1re et terminale

Reportez-vous au site du ministère de l'Éducation nationale.

Pendant l'année

Dès la rentrée

« Le bac, ça se prépare toute l'année. »

Bon, on ne va pas vivre dans le déni : le bac, ça se prépare toute l'année. Pour que l'examen en fin d'année se passe de la manière la plus cool et la plus facile possible, il faut arrêter de procrastiner en remettant toujours tout au lendemain. Je ne te demande pas de réviser comme un acharné tous les jours, mais seulement d'appliquer quelques bonnes pratiques en classe.

LES BONNES PRATIQUES À ADOPTER EN CLASSE

J'ai tendance à penser que 80 % du travail se fait en classe, ou du moins *peut* se faire en classe si l'on adopte les bonnes pratiques. Réalise-le ! le matin tu te lèves pour aller au lycée et tu dois y rester toute la journée pour travailler : profites-en et travaille vraiment !

Avec les bonnes pratiques que je vais te donner, les week-ends et les soirées condamnées à réviser pendant des heures, c'est fini ! Je vais te donner les clés pour être efficace et ne pas perdre ton temps en classe.

Être organisé

« Une place pour chaque chose et chaque chose à sa place. »

CONSEIL

L'organisation, c'est la clé pour travailler et apprendre efficacement. Une bonne organisation te permet de ne pas perdre de temps et de moins te prendre la tête.

Ne t'inquiète pas, même si tu es de nature désordonnée, tu peux néanmoins être organisé. (J'en suis la preuve vivante.) Avant toute chose, la première étape est de trouver **ton organisation.**

Tu es plus à l'aise avec quoi ? Un cahier ? Un classeur ? Un porte-vues ?

Il faut que tu testes et que **tu t'écoutes**. Ce n'est pas parce qu'une technique fonctionne pour tes amis qu'elle fonctionnera forcément pour toi. Nous sommes tous différents, donc **expérimente différentes méthodes,** jusqu'à trouver la tienne.

Par exemple, je sais que, dans mon lycée, tout le monde utilisait des porte-vues. Pour moi c'était impossible, je savais déjà qu'en moins de deux semaines, mes cours seraient éclatés sur des feuilles volantes éparpillées ici et là...

J'ai donc fait avec le support qui me correspondait le mieux : le cahier. En général, à partir du lycée, les profs te laissent libre dans le choix de tes fournitures.

Être acteur du cours (mission Leonardo DiCaprio)

« Être acteur du cours cela veut dire participer, en quelque sorte "faire" aussi le cours. »

Tu imagines bien que je ne vais pas te demander d'aller à Hollywood ! Être acteur du cours cela veut dire participer. Tu n'as jamais remarqué que lorsque tu discutes avec des amis, tu te souviens de tous les détails alors que quand le prof parle, il est impossible de te souvenir de ce qu'il a dit ?

Eh bien, c'est assez normal. Quand tu es avec tes amis, tu fais partie de la conversation :

- tu **t'intéresses** à ce qui est dit (ou fais semblant de t'y intéresser) ;
- tu **réagis** à ce qu'ils disent (dans ta tête ou en prenant la parole) ;
- par-dessus tout, lorsqu'il y a une part d'ombre dans leur histoire, tu les **questionnes**.

Voilà, ça, c'est la recette magique pour être acteur (de la classe) : en cours, il faut faire exactement pareil.

1 Intéresse-toi à la matière

Comme dit plus tôt, fais au moins semblant de t'y intéresser. C'est bête, mais c'est une question d'état d'esprit. Forcément, si avant même d'entrer dans la salle tu pars défaitiste et tu te dis que le cours sera nul et que tu n'aimes pas la matière, tu ne feras aucun effort.

Aussi, dès que tu entres dans la salle, mets-toi dans un état d'esprit **positif et curieux**.

2 Réagis à ce qui est dit

Ne me fais pas dire ce que je n'ai pas dit ! Je ne te demande pas d'interrompre le cours et de parler à tout va. Mais réagis à l'oral quand c'est possible, et aussi dans ta tête. Quand le prof fait son cours, essaie de **faire des liens dans ta tête**, et quand un de tes camarades parle, fais preuve d'esprit critique pour analyser si ce qu'il dit est juste ou non.

3 Pose des questions

Selon moi, c'est la chose la plus importante : **ne reste pas dans l'incompréhension**. Dès qu'il y a une information que tu ne comprends pas, une notion floue, il faut que tu demandes de l'aide. Interroge ton prof, interagis avec lui. Même si la question peut paraître bête et que tu n'oses pas la poser, il vaut mieux le faire en classe qu'au dernier moment pendant le devoir sur table, non ?

Retenir ce qui est dit en cours

« 80 % du travail est fait en classe. »

CONSEIL

Cela peut paraître bateau, très bateau, mais la véritable clé pour réussir au lycée sans passer ses nuits et ses jours à travailler, c'est d'être concentré à 200 % en cours pour retenir ce qui est dit.

Clairement, **80 % du travail est à faire en classe**. Si l'on y réfléchit, c'est le moment le plus intéressant pour travailler. Tu es dans un cadre de travail optimal car tu n'as pas les motifs de distraction que tu peux avoir chez toi et, surtout, tu es obligé de rester dans la salle de classe pendant au moins une heure : donc autant utiliser cette heure pour la bonne cause. Personnellement, c'est ce que je fais depuis que je suis toute petite. En cours, j'applique le conseil précédent et je m'implique à 200 %. Résultat des courses, j'ai même souvent le temps d'avancer mes devoirs directement en classe et, quand j'arrive chez moi, je n'ai quasiment plus rien à faire.

Prendre des notes

« Explore les différentes méthodes et choisis ce qui fonctionne le mieux pour toi. »

Prendre des notes te permet de mieux comprendre le cours en te le réappropriant, d'en retenir le contenu et de rester concentré. Cela te fera gagner du temps finalement dans ta préparation aux épreuves.

CONSEIL

Pour prendre des notes, tu dois être capable de faire plusieurs choses en même temps !

- Être attentif et comprendre ce que tu écoutes ou ce que tu lis.
- Analyser et synthétiser ce que tu écoutes ou lis pour en retenir l'essentiel.
- Écrire ce que tu en retiens de manière concise et rapide.

Il existe plusieurs techniques de prise de notes. Ce que je te conseille, c'est d'en tester plusieurs et d'adopter celle qui fonctionne le mieux pour toi. Voici quelques-unes de mes préférées.

1 Les apartés

Celle-ci est très simple si tu es dans une matière dans laquelle le prof dicte le cours intégralement. Ce que tu peux faire, c'est prendre le cours lorsqu'il le dicte et, à chaque fois qu'il fait un aparté, qu'il dit une phrase comme : « Ah oui, d'ailleurs, retenez bien ça… », tu prends l'information en note dans la marge et tu n'hésites pas à **surligner et à souligner ce que tu as noté**.

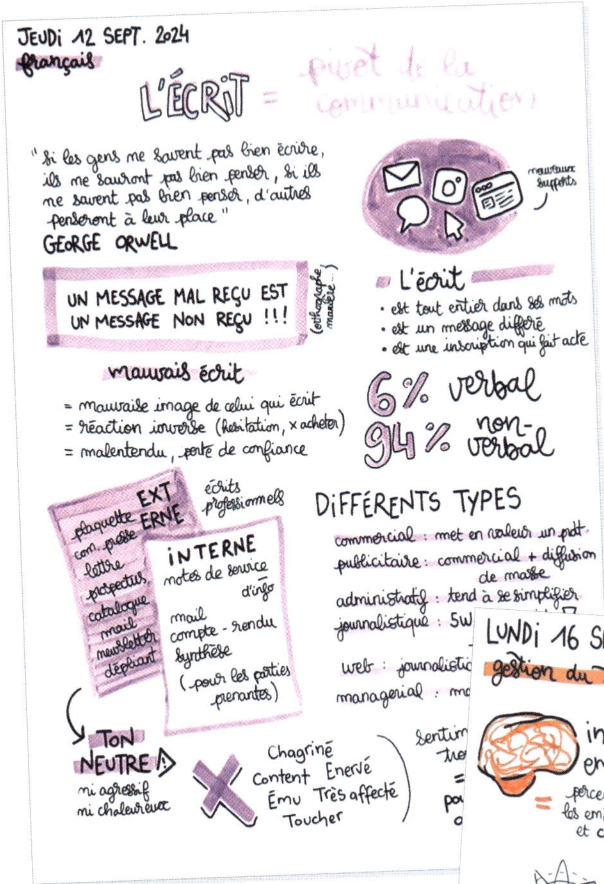

JEUDI 12 SEPT. 2024
français

L'ÉCRIT = pivot de la communication

" Si les gens ne savent pas bien écrire, ils ne sauront pas bien penser, si ils ne savent pas bien penser, d'autres penseront à leur place "
GEORGE ORWELL

nouveaux supports

UN MESSAGE MAL REÇU EST UN MESSAGE NON REÇU !!! (orthographe, manière...)

L'écrit
- est tout entier dans ses mots
- est un message différé
- est une inscription qui fait acte

mauvais écrit
= mauvaise image de celui qui écrit
= réaction inverse (hésitation, x acheter)
= malentendu, perte de confiance

6% verbal
94% non-verbal

écrits professionnels

EXTERNE: plaquette, com. presse, lettre, prospectus, catalogue, mail, newsletter, dépliant

INTERNE: notes de service, d'info, mail, compte-rendu, synthèse (pour les parties prenantes)

DIFFÉRENTS TYPES
commercial : met en valeur un pdt
publicitaire : commercial + diffusion de masse
administratif : tend à se simplifier
journalistique : 5W...
web : journalistic...
managerial : ma...

TON NEUTRE ⚠
ni agressif
ni chaleureux

Chagriné
Content Enervé
Ému Très affecté
Toucher

sentim...

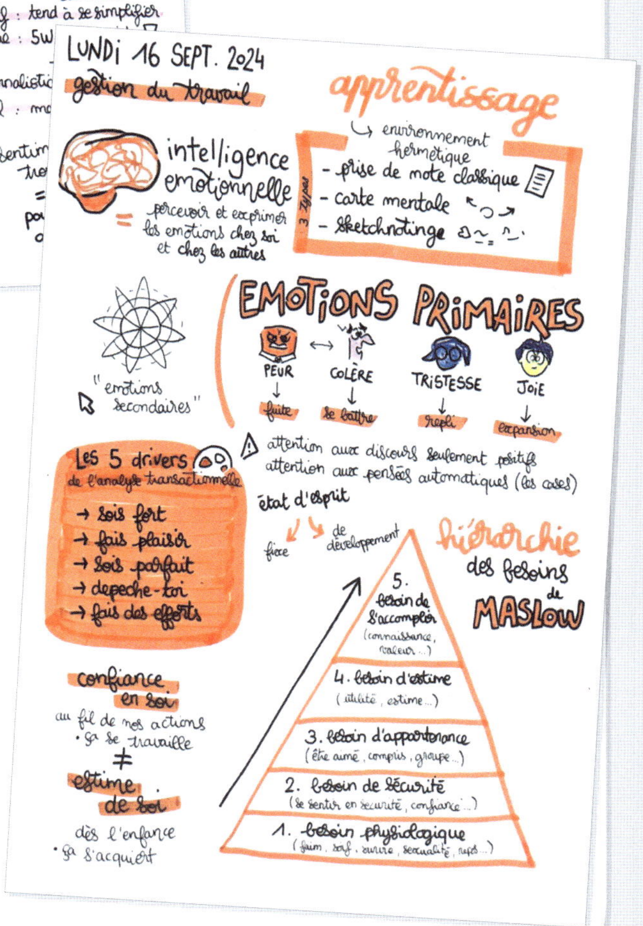

LUNDI 16 SEPT. 2024
gestion du travail

apprentissage
↳ environnement hermétique
3 types
- prise de note classique
- carte mentale
- sketchnoting

intelligence émotionnelle
= percevoir et exprimer les émotions chez soi et chez les autres

"émotions secondaires"

EMOTIONS PRIMAIRES
PEUR → fuite
COLÈRE → se battre
TRISTESSE → repli
JOIE → expansion

⚠ attention aux discours seulement positifs
attention aux pensées automatiques (les cases)

état d'esprit
fixe / de développement

Les 5 drivers de l'analyse transactionnelle
→ sois fort
→ fais plaisir
→ sois parfait
→ dépêche-toi
→ fais des efforts

confiance en soi
au fil de nos actions
• ça se travaille
≠
estime de soi
dès l'enfance
• ça s'acquiert

hiérarchie des besoins de MASLOW
5. besoin de s'accomplir (connaissance, valeur...)
4. besoin d'estime (utilité, estime...)
3. besoin d'appartenance (être aimé, compris, groupe...)
2. besoin de sécurité (se sentir en sécurité, confiance...)
1. besoin physiologique (faim, soif, survie, sexualité, repos...)

2 L'escalier

Ton cours doit suivre une **organisation uniforme**. Pour cela tu peux suivre la technique de l'escalier en associant à chaque élément une couleur et une manière d'écrire ; par exemple :

- **LE TITRE DU CHAPITRE, EN GROS, EN GRAS, EN LETTRES CAPITALES ET SOULIGNÉ**,
- le titre des parties (I, II, III…) en rouge, en minuscules, souligné,
- le titre de la sous-partie (1), 2), 3)…) en bleu, souligné,
- le corps de texte (ton cours) doit être écrit de manière classique, en bleu ou en noir, avec un alinéa à chaque paragraphe,
- les dates et les noms propres doivent être soulignés.

Souligne aussi dans chaque sous partie *la* phrase à retenir et écris en vert les exemples pour bien les distinguer du cours et des explications.

Ce qui est intéressant également, c'est d'**utiliser la marge** pour annoter certaines choses. J'avais l'habitude de me mettre des ⚠ lorsque le prof disait des phrases comme « Retenez bien ça » ou « J'ai l'habitude de demander ça lors des interros ». Ainsi, lors de mes révisions, je prêtais une attention toute particulière aux deux ou trois informations accompagnées des panneaux « attention ! ».

Après, à toi d'adapter la présentation selon **tes envies et tes habitudes**. L'objectif, c'est que ça te convienne. Mais si tous tes cours sont organisés et présentés de la même façon, il sera plus facile pour toi et ton cerveau d'apprendre et de vous y retrouver.

De cette manière tes cours peuvent ressembler à ça.

CHAPITRE 3
L'UNION EUROPÉENNE dans LA MONDIALISATION

I) L'UE : pilier central de la mondialisation

1) Une puissance économique

L'UE contient 27 pays, 448 millions d'habitants et possède le 2e PIB le plus élevé après les E-U. Le niveau de vie de ses habitants la trasnforme en un marché important.

exemple concret : parmis les 500 meilleures FTN, 160 sont européennes (L'Oréal, LVMH, Inditex...)

2) Une puissance géopolitique

L'Europe s'est construite sur un projet de paix, mais au fur et à mesure, elle s'est convertie en une réelle puissance séeopolitique.
Face aux défis et menaces mondiales, les membres peuvent lancer des opérations humanitaires ou par exemple créer des projets communs (ex : Frontex)

3) Mais fragilisée par des divisions internes

Tous les États membres ne désirent pas tous le même niveau d'intégration. Certains pays n'ont pas adopté l'€ (Pologne, Suisse). Il existe également des désaccords sur les plans économiques, sociaux et

3 La feuille blanche

La troisième méthode est la technique de la feuille blanche. Personnellement, c'est une technique que j'utilisais beaucoup en cours d'histoire-géographie car c'est une matière qui s'y prête bien. Elle est en revanche plus compliquée à appliquer pour les matières scientifiques.

À chaque cours, tu sors une feuille blanche que tu conserveras sur ta table. Alors, l'écoute active commence. Ici, il n'est pas forcément question de faire des phrases ou d'avoir une prise de notes construite : suis ton instinct. Essaie de relier, à la manière d'une **carte mentale**, les informations et de les noter en hiérarchisant leur degré d'importance. Pas de plan clair à suivre, il s'agit surtout d'une méthode qui fait appel à **ta manière de réfléchir**.

Si au début tu as l'impression que cela va dans tous les sens, c'est normal. Ne t'en fais pas et fais-toi confiance. Le cerveau est bien fait, et il saura faire les liens instinctivement au fur et à mesure de ta pratique.

N'hésite surtout pas à utiliser des flèches, des abréviations, des dessins, des pictogrammes... Il faut que cela soit **facile, rapide et visuel**.

En règle générale, ne te gêne pas pour dessiner ou représenter en trois coups de crayon tous les mots importants quand c'est possible.

Cela peut ressembler à ça...

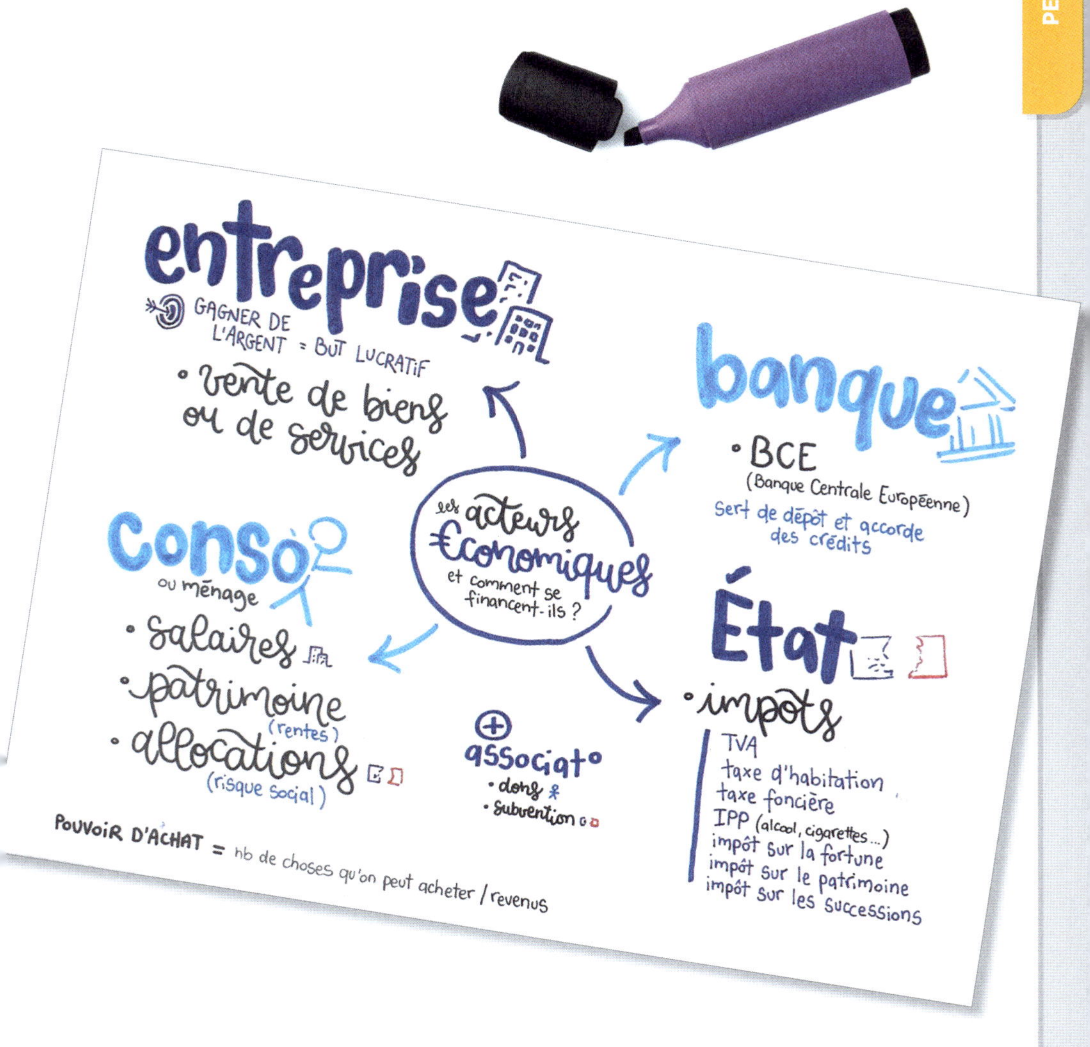

Voici quelques exemples de pictogrammes et abréviations que j'utilise souvent :

Pour les rapports de forces	**<** (inférieur à) **>** (supérieur à) **=** (égal à)
Pour les mots qui finissent par « -tion »	Remplace la ou les dernières syllabes par **°** infla° (inflation) déf° (définition)
Pour symboliser ce qui suit ou est la conséquence d'un événement, d'un raisonnement…	**=>**
Pour indiquer qu'il s'agit d'un lieu	📍
Pour dire une différence, qu'il ne s'agit pas de la même chose	≠
Pour indiquer que deux parties sont en conflit	***VS*** *(versus)*
Point négatif ou positif / supprimé ou ajouté	✗ ✓ (pour une loi par exemple)

4 Le système de Cornell

Enfin, si tu n'es pas à l'aise à l'idée d'être lâché en liberté et que tu préfères une méthode claire et approuvée. Il existe le **système de notes de Cornell.**

C'est quoi ?

Le système de Cornell été créé par le professeur Walter Pauk de l'université Cornell, aux États-Unis, dans les années 1950. Il a conçu cette méthode pour aider les étudiants à prendre des notes de manière plus efficace et à mieux retenir l'information. En tant qu'enseignant, Pauk avait remarqué que de nombreux étudiants rencontraient des difficultés à organiser leurs notes et à réviser efficacement pour les examens.

Merci Walter !

Le système de **Cornell**

Prends une feuille et divise-la en quatre parties :

1 dans un bandeau en haut, sur toute la largeur de la page : écris toutes les infos de référence (nom du cours, prof, chapitre, date...) ;

2 le gros de la page étant divisé en deux colonnes, écris dans celle de gauche les mots-clés, les dates, les notions à retenir absolument et les questions qui peuvent potentiellement être posées en contrôle. En réalité, cette colonne est là pour que, lorsque tu réviseras, tu puisses vérifier tes connaissances. Si le cours est maîtrisé, tu dois être capable de lire uniquement cette partie de la page, pouvoir répondre aux questions et définir les notions que tu y as fait figurer ;

3 la colonne de droite (partie centrale de la page) est consacrée au gros de ta prise de notes. Évite au maximum les phrases et utilise les tirets. Tes notes doivent être aérées et concises ;

4 enfin, la dernière partie, qui concerne un bandeau occupant tout le bas de la page, doit être réalisée non pas en cours mais une fois chez toi le soir. C'est la synthèse, le résumé. Ici, l'objectif est de résumer cette prise de notes avec tes mots. Cela va vraiment te permettre de faire l'effort de compréhension.

Le système de Cornell peut donner quelque chose comme ça :

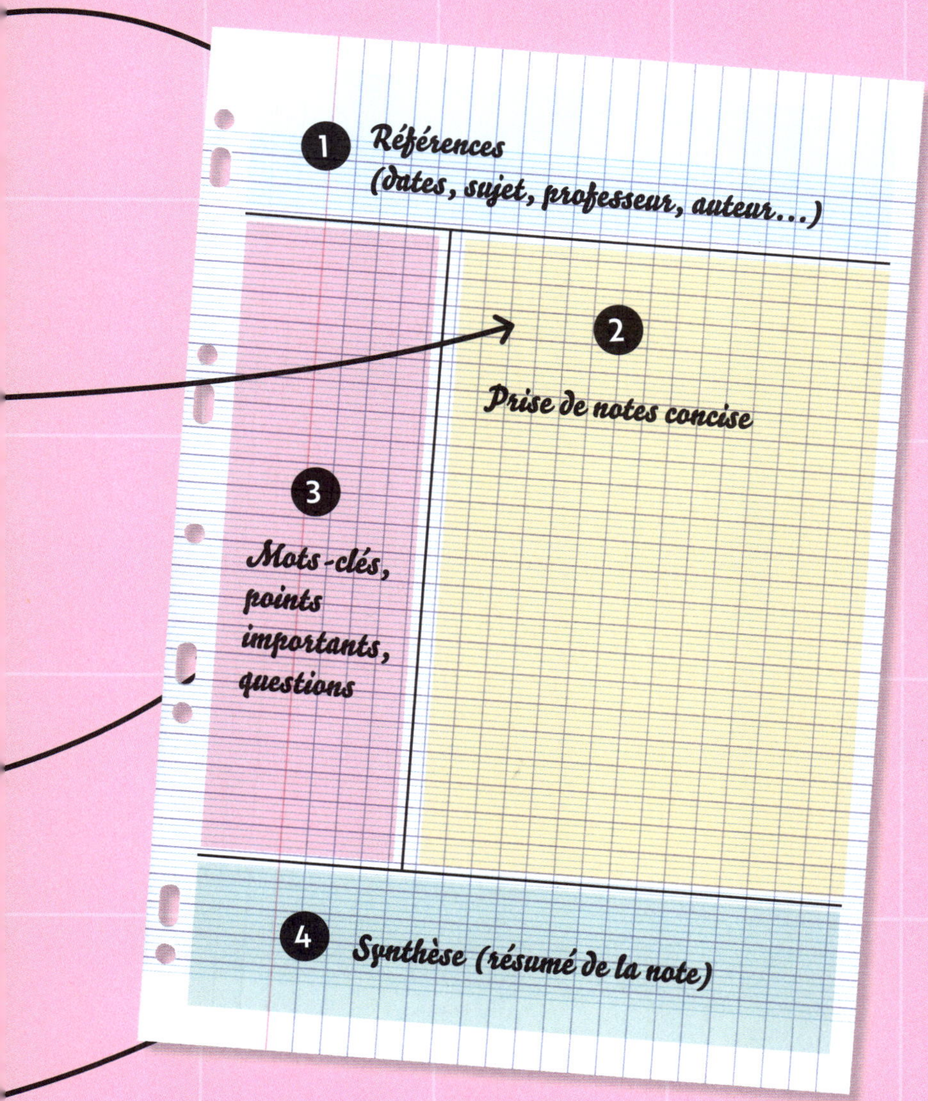
1 Références
(dates, sujet, professeur, auteur...)
2 Prise de notes concise
3 Mots-clés, points importants, questions
4 Synthèse (résumé de la note)

Astuce !

Les abréviations de mots les plus courantes

Mots		Abréviations
administration	–	**admin.**
avec	–	**ac**
beaucoup	–	**bp**
c'est-à-dire	–	**cad**
cependant	–	**cpd**
chose	–	**ch**
conclusion	–	**ccl**
confer (se reporter à)	–	**cf**
court terme	–	**ct**
dans	–	**ds**
dedans	–	**dd**
et cætera	–	**etc.**
être	–	**ê**
exemple	–	**ex.**
externe, extérieur	–	**ext**
général	–	**g^{al}**
gouvernement	–	**gouv**
introduction	–	**intro**
long terme	–	**lt**
lorsque	–	**lsq**
mais	–	**ms**
moyen terme	–	**mt**

nombre	–	**nb**
nombreux	–	**nbx**
observation	–	**obs**
parce que	–	**pcq**
pendant	–	**pdt**
personne	–	**pers**
peut-être	–	**pê**
pour	–	**pr**
pourtant	–	**prtt**
quand	–	**qd**
quantité	–	**qté**
quelque(s)	–	**qq**
quelque chose	–	**qqch**
quelque fois	–	**qqf**
quelqu'un	–	**qqun**
Rendez-vous	–	**RV**
responsabilité	–	**resp**^{té}
seulement	–	**slt**
solution	–	**sol°**
sous	–	**ss**
souvent	–	**svt**
temps	–	**tps**
toujours	–	**tjrs**
tous	–	**ts**
tout	–	**tt**
toute(s)		**tte(s)**

Astuce !

Symboles utiles pour abréger

Mots		Abréviations
aucun, pas de, absence	—	ø
appartient à	—	∈
attention	—	!
augmentation, croissance	—	↗
décroissance, diminution, déclin	—	↘
donc, en conséquence, entraîne	—	⇒
égal(e), équivaut à	—	=
environ, à peu près	—	≈
est différent	—	≠
féminin, femme	—	♀
masculin, homme	—	♂
moins	—	-
plus, s'ajoute à	—	+
plus ou moins	—	±
plus grand, plus grand ou égal	—	>, ≥
plus petit, plus petit ou égal	—	<, ≤
pourquoi	—	?
par rapport à	—	p/r
somme	—	∑
variation	—	Δ
philosophie	—	ϕ
psychologie	—	ψ

LES BONNES PRATIQUES À ADOPTER À LA MAISON

Si tu te débrouilles bien en classe, tu auras fait une grande partie de ton travail. Mais une grande partie ne signifie pas tout ! Alors, il y a aussi de bonnes pratiques à adopter chez toi. Pour te faciliter la vie en amont d'une leçon, mais aussi ne pas tout oublier une fois arrivé à la maison !

CONSEIL

En prenant de bonnes habitudes maintenant, tu seras paré pour toute l'année mais aussi pour la suite de tes études !

1. Faire ses propres fiches de révision
2. Jouer au professeur
3. Utiliser des flashcards
4. Faire ses devoirs sérieusement
5. Diversifier ses sources d'information
6. Ne pas délaisser les matières points faibles
7. S'informer des modalités de l'examen
8. Penser à soi, veiller à sa santé mentale

Faire ses propres fiches de révision

« Nous façonnons d'abord nos habitudes, puis nos habitudes nous façonnent. »

Que tu aies suivi mon conseil sur la prise de notes ou non, une bonne habitude à prendre est de réaliser des fiches de révision **tout au long de l'année**.

Et pour faire une bonne fiche de révision, il faut une bonne méthode. Or, la meilleure des méthodes, il n'y a pas de secret, **ce sera toujours la tienne**.

Aussi expérimente au maximum pour voir ce qui fonctionne le mieux pour toi. Cependant, si tu es totalement perdu, voici une méthode en quelques étapes pour faire une fiche de révision efficace.

1 Compose le titre

Comme pour un film ou un livre, le titre est la chose que l'on voit en premier, ce qui attire l'attention et donne envie de s'y intéresser. Pour ta fiche, c'est pareil. Alors fais-moi un **beau titre, grand et coloré.** Ça te donnera envie de lire ta fiche.

2 Compose ton code de couleurs

Le choix des couleurs pour ta fiche **ne doit pas être dû au hasard**. Je te conseille de fonctionner par matière. Par exemple, d'utiliser :

- le **violet** pour les maths,
- le **jaune** pour l'histoire,
- le **vert** pour les SVT,
- le **rouge** pour l'anglais, etc.

Selon la matière, il doit y avoir **une couleur dominante**. Faire ses fiches ainsi te permet de les classer et de retrouver celle que tu cherches plus rapidement. Surtout, c'est très efficace d'un point de vue mnémotechnique : lorsque tu devras te souvenir d'une de tes fiches, tu en visualiseras la couleur et tu te souviendras mieux de son contenu.

Pour le reste, tu peux utiliser un seul code couleur avec, par exemple, les définitions en rouge et les exemples en vert.

3 Épure : Rédige en quelques lignes

Il est important de comprendre qu'une fiche de révision, comme son nom l'indique, est faite pour réviser. Ce n'est pas une fiche d'apprentissage. Cela suppose que tu as compris ton cours. Il faut donc réaliser ta fiche uniquement avec les infos dont tu as besoin pour réviser. Même si la fiche n'est comprise que par toi, ça fonctionne.

Ton but est d'extraire les informations vraiment primordiales : **les dates, les noms, les formules et les définitions.** En somme, tout ce qu'il faut connaître par cœur. Ce qui n'est pas nécessaire, tu ne le notes pas.

Pour aérer ta fiche, tu peux également remplacer des mots par **des abréviations, des symboles**... Ainsi, en regardant ta fiche, tu pourras extraire d'un coup d'œil ce qu'il faut absolument restituer au cours d'un devoir ou d'une épreuve.

4 Hiérarchise les informations

C'est simple, **l'importance visuelle d'une information doit être proportionnelle à son importance réelle**. Il faut donc que tu hiérarchises les différents éléments que tu as identifiés au cours de l'étape précédente, car ils n'ont pas tous la même importance.

En théorie, cette hiérarchisation des informations se fait assez inconsciemment. Tu sais toujours à peu près ce qui est à savoir par cœur et ce qu'on peut ne connaître qu'en surface. Si tu n'y parviens pas au début, je te laisse aller te reporter à) la méthode du tricheur (en page 48).

Ainsi, pour faire ressortir visuellement l'importance hiérarchique des informations, c'est tout simple, amuse-toi avec tes **stylos, leurs couleurs, l'épaisseur des traits....**

L'ESSENTIEL

L'important

peut servir

accessoire

5 Essaie la méthode du tricheur

Voici une méthode moins conventionnelle, mais qui en a aidé plus d'un quand je la leur ai montrée : **la méthode du tricheur**.

Notre cerveau est très bien fait. Il sait naturellement trier les informations les plus importantes. C'est exactement ce que tu fais lorsque tu prépares une antisèche. Tu dois être tellement concis que tu écris sur celle-ci uniquement les éléments dont tu as besoin pour l'examen. Donc mets-toi cela en tête.

Adapte cette méthode pour réunir les informations que tu porteras sur tes fiches. Par exemple, reprends l'ensemble de ton tes cours, saisis-toi d'une une feuille blanche et fais comme si l'interro était dans une heure et qu'il fallait que tu prennes en note rapidement les informations dont tu auras besoin. Tu peux même te lancer des défis, en prenant un petit bout de papier pour te forcer à écrire uniquement l'essentiel, ou en réalisant ladite antisèche en un temps record.

En revanche, **pas d'antisèche pendant l'interro** ! Elle n'est là que pour t'aider à réviser.

Mes tutos fiches de révision

Voici des exemples de mes fiches classées par matière.

FRANÇAIS

parcours

SPECTACLE et COMEDIE

latin "spectaculum" = suscite des émotions

fait rire
finit bien

Le théâtre du XVIIe au XXIe siècle

→ LE MALADE IMAGINAIRE, Molière, 1673 (Claude Stratz, compagnie Roumanoff, J-L Cochet)
→ LES BONNES, Jean Genet, 1947

castigat = corriger les mœurs en riant

Molière 1622-1673

= Jean-Baptiste Poquelin
dramaturge, acteur et metteur en scène
↳ il joue avec les codes du classicisme (3 unités)

"ce ne sont point les médecins qu'il joue, mais le ridicule de la médecine" III, 3

MISES EN SCÈNE

- "on sait bien que les comédies ne sont faites que pour être jouées" Molière
- préface "Comment jouer les bonnes" Genet

rôle crucial dans l'interprétation
↳ Argan malade ou non ? IONESCO

Mise en ABYME

↳ nous renvoie une image de nous-même
↳ dénonce la violence des rapports humains
↳ faire réfléchir au rapport entre réalité et fiction

Les //

→ "On ne badine pas avec l'amour" A. de Musset, destinée à être lue
→ "Knock" Jules Romains
critique des médecins

"citations"

- "Castigat ridendo mores" Horace
- "Le monde entier est un théâtre, et tous, hommes et femmes, n'en sont que les acteurs. Et notre vie durant nous jouons plusieurs rôles." Shakespeare
- "Une pièce de théâtre, c'est quelqu'un. C'est une voix qui parle, c'est un esprit qui éclaire, c'est une conscience qui avertit." Victor Hugo
- "Le théâtre, c'est du présent mis en bouteille" Georges Perros

↳ "Nous y pouvons aussi prendre chacun un personnage, et nous donner ainsi la comédie les uns aux autres. Le carnaval autorise bien cela." III, 14

FICHE COURANT LITTÉRAIRE

LITTÉRATURE D'IDÉES
LES Caractères
SHOT DE FRANÇAIS
Jean de LA BRUYÈRE
moraliste !
→ inspiré de Théophraste
1688
= Classicisme
Portraits EXAGÉRÉS
→ pour se moquer des caractères
on prend des anti-héros pour faire émerger le modèle de l'honnête homme
exemple :
THÉODECTE
égocentrique & théâtral
l'auteur dénonce
L'ORDRE SOCIAL
↳ instabilité de la cour
LE MONDE = THÉÂTRE
↳ faux-semblants

FICHE ŒUVRE

ROMAN
SHOT DE FRANÇAIS
LA peau de chagrin
Honoré de BALZAC
romantique
1831
LIBERTÉ de la PRESSE
PEAU SURNATURELLE
Si tu me possèdes, tu posséderas tout. Mais ta vie m'appartiendra
Les désirs consument l'existence
"Vouloir nous brûle et pouvoir nous détruit"
Seule solution pour échapper aux desirs (et donc à la peau)
= savoir
RAPHAËL
il y a 2 femmes dans la vie de Raph'
pour elle, il dépense toute son existence
Foedora qui symbolise le désir
et
Pauline qui symbolise l'amour
il ne peut s'empêcher de la désirer…
… ce qui le conduit à mourir

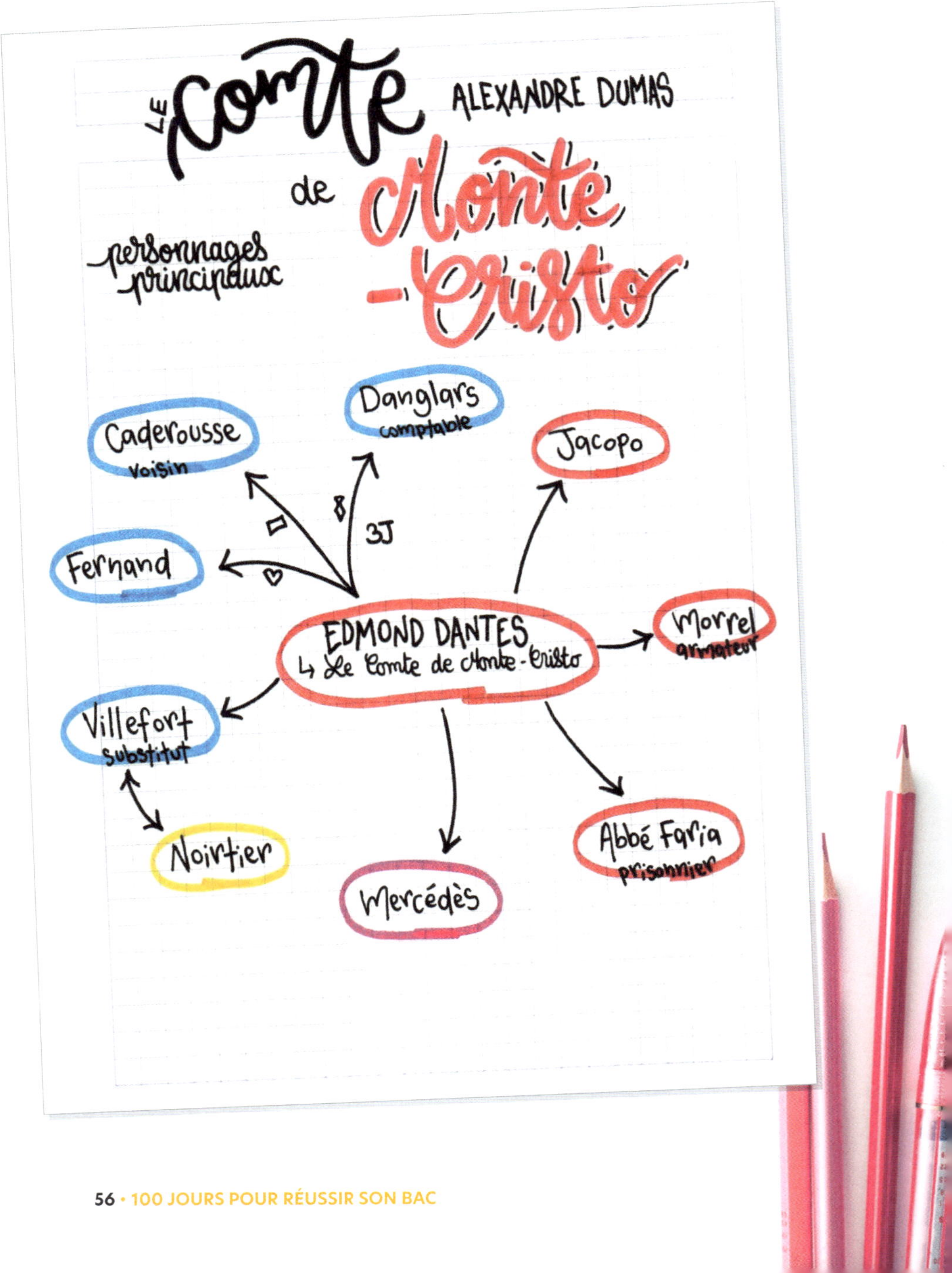
Le Comte de Monte-Cristo
ALEXANDRE DUMAS
personnages principaux
Danglars
comptable
Caderousse
voisin
Jacopo
3J
Fernand
EDMOND DANTES
↳ Le Comte de Monte-Cristo
Morrel
armateur
Villefort
substitut
Noirtier
Abbé Faria
prisonnier
Mercédès

Madame de Lafayette

PARIS

1634 - 1693

elle fréquente des salons littéraires dans lesquels elle fait la connaissance de figures littéraires comme La Rochefoucauld ou Racine.

Grâce auxquels, elle écrit et publie (anonymement) →

exemples :

XVIIe = Classicisme

elle est la première en France à expérimenter le roman d'analyse psychologique.
↳ qui consiste à se concentrer sur les émotions plutôt que sur les actes.

texte 10

chap XVII

1534

LE VOL DES CLOCHES

Gargantua
Rabelais

I. G. victime
l. 1-9

II. sa riposte
l. 10-14

III. la critique R.

Pantagruel (1532)

F. Rabelais :
- → humaniste
- → moine
- → médecin
- → homme de cour
- → philosophe

l'œuvre

roman d'apprentissage
↳ Gargantua évolue

- arrivée du géant à Paris avec **Ponocrate** : précepteur humaniste

(Comment dans ce passage l'auteur fait-il la critique de Paris et de son peuple ?)

I. → le titre annonce le comique

motif de gigantisme "la grande ville" (l. 1)

des voyageurs λ : "reposés" "visita"

présent de vérité générale
= critique des Parisiens
"si sôt" "si gobeur" "si inepte de nature"

énumeration (l. 3-4) → montre le manque de maturité des Parisiens
superficiel > religion

G. est contraint de se réfugier sur N-D
=> son seul refuge

"Il dit d'une voix claire" (l. 7)
↳ paroles réflechies

la vengeance se prépare : il va leur "payer sa bienvenue" mais ce ne "sera que par ris" → jeu de mots

revision.my-oxford.com

texte 9

→ BELLE DU SEIGNEUR
Albert Cohen

chap XLV
1968

I. Le rdv rêvé
l. 1-9

II. La réalité
l. 10-fin

Solal (1930)
Mangeclous (1938)
Belle du Seigneur
(interrompu à cause de la 2GM)

l'œuvre

Solal séduit Ariane, la femme de l'un de ses employés

+ grand prix du roman de l'Académie 🇫🇷

Le mari n'est pas là, un rdv galant est organisé.

Comment l'auteur confronte-t-il l'imaginaire à la réalité ?

I.

monologue sujet à l'infinitif ≃ recette, didascalies (l. 2)

marques d'oralité "oui" (l. 2-3-6) et "non" (l. 1-8) → dialogue avec elle-m̂

discours indirect libre

elle s'interroge sur le ton à adopter = lucidité sur elle-m̂ (l. 7-8)

"avec [...] parlé" (l. 13) = intervention ironique du narrateur

II.

"elle le précéda" (l. 14) = elle commence à subir l'action et perd sa lucidité

→ Silence de Solal = il aime sa maladresse cela révèle qu'elle est troublée

"et même dans les tasses" → ironie du nrrtr

"elle" "il" "elle" "il" "elle" "il" "elle" jeu de succession des pronoms puis "ils" "ils" "ils" fusion = complicité écrire ses impressions à chaque chapitre, à la fin de l'oeuvre puis 1 semaine après

ça permet de relire son avis

mes impress°

En lisant le texte et en visionnant l'interpretation de la pièce par "l'école d'acteurs artisans" Voici mes impressions :

La pièce "Les Bonnes" de Jean Genet est une oeuvre vraiment différente des pièces que l'on étudie habituellement.

L'ambiance durant la pièce est assez etrange et met mal à l'aise à certains moments. La fin est assez inattendue ce qui rend la pièce encore + intéressante !

La mise en abyme omniprésente dans la pièce nous montre bien que le théâtre est parfait pour denoncer les defauts humains. En prenant le rôle de sa soeur et en l'imitant, on réalise bien l'image qu'elle se fait d'elle.

Le rapport entre les Bonnes et Madame est le thème principal de l'oeuvre. L'opinion des soeurs envers Madame est assez explicite, elles ne l'apprécient pas, la trouve tyranique : on le voit bien quand Claire imite Madame. Face à elle elles jouent la carte de l'hypocrisie mais c'est seulement pour la tuer + facilement. L'avis que se fait Madame est quant à lui + ambigu. Dès son arrivée sur scène elle paraît bienveillante et assez maternelle, elle leur offre même ses robes. Mais en apprenant que Monsieur est libre son comportement change du tout au tout, elle devient autoritaire. Ce qui se rapproche + de l'imitation des filles. Contrairement à ce que l'on pense, Madame elle aussi joue un rôle :)

analyse demandée ici par ma prof

FICHE AUTEUR

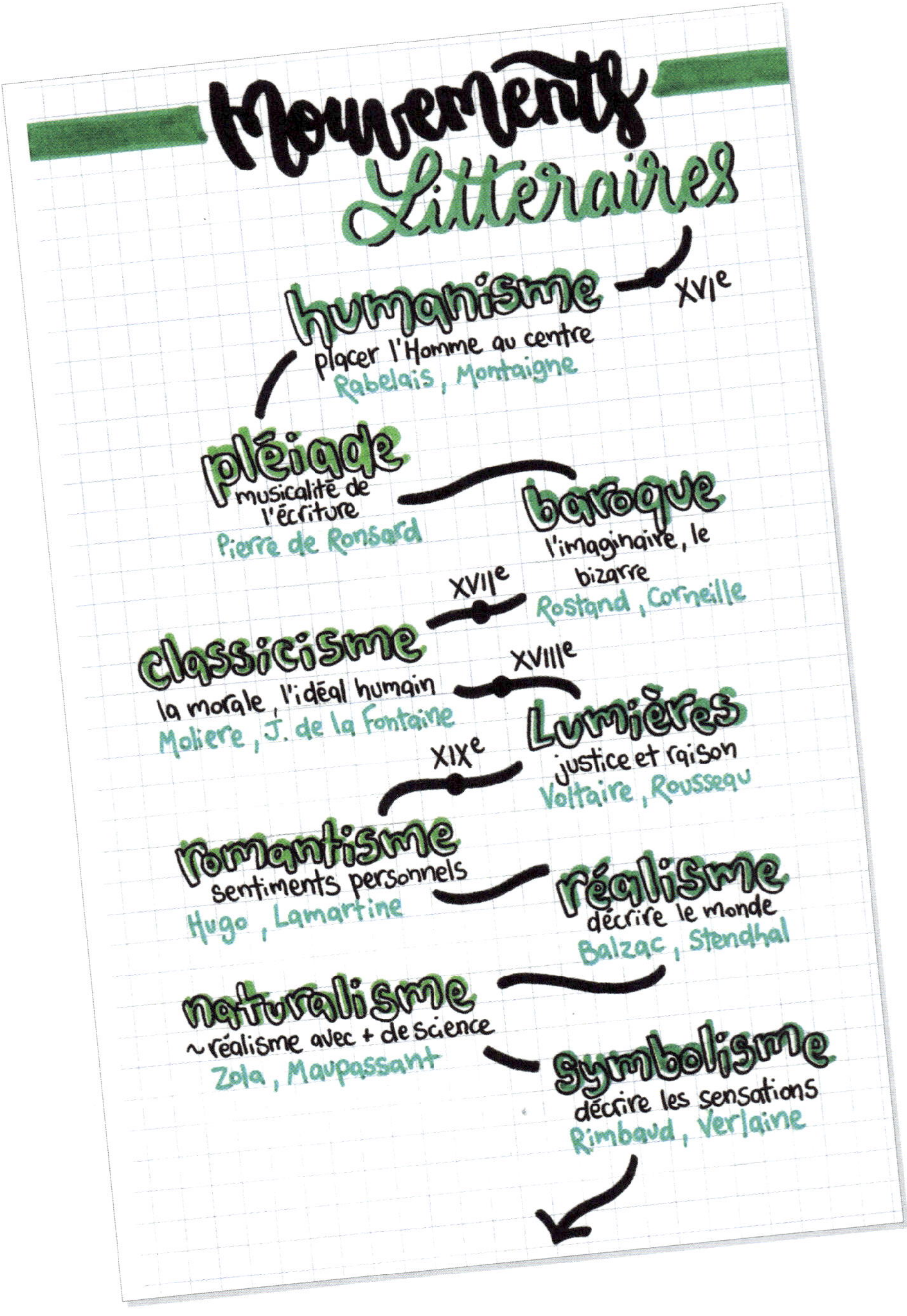

Mouvements Littéraires

humanisme — XVIe
placer l'Homme au centre
Rabelais, Montaigne

pléiade
musicalité de l'écriture
Pierre de Ronsard

baroque
l'imaginaire, le bizarre
Rostand, Corneille

XVIIe

classicisme
la morale, l'idéal humain
Molière, J. de la Fontaine

XVIIIe

Lumières
justice et raison
Voltaire, Rousseau

XIXe

romantisme
sentiments personnels
Hugo, Lamartine

réalisme
décrire le monde
Balzac, Stendhal

naturalisme
~ réalisme avec + de science
Zola, Maupassant

symbolisme
décrire les sensations
Rimbaud, Verlaine

LES figures de Style

• D'INSISTANCE

énumération

"Les trompettes, les hautbois, les tambours, formaient une harmonie"

→ juxtaposition de plusieurs termes

hyperbole

"Ses moindres actions semblent des miracles"

→ exagération des termes

gradation

"va, cours, vole"

→ énumération croissante

pléonasme

"la plus triste vieillesse m'accable de son poids pesant"

→ utilisation de deux termes qui ont le m̂ sens

anaphore

"toujours aimer
toujours souffrir
toujours mourir"

→ reprise d'un même mot dans une phrase

L'interrogai

1) relever le type

→ l'interrogation directe
se termine par un ?

→ l'interrogation indirecte
se termine par un .

2) relever la portée

- **TOTALE** = totalité de l'enoncé
  → la réponse peut être OUI ou NON
  ex : a-t-elle repondu ?

- **ALTERNATIVE** = appelle à un choix
  → il y a plusieurs choix possibles
  ex : vient-elle ce soir **ou** demain ?

- **PARTIELLE** = ne porte que sur une partie
  → l'interrogation porte sur un constituant de la phrase : sujet, COD, COI, CC, attribut
  la réponse <u>ne peut pas</u> être OUI, NON ou SI
  ex : qu'a-t-elle répondu ?

Les discours rapportés

il existe 3 types de discours principaux

- **DISCOURS DIRECT**
  → les paroles sont rapportées telles qu'elles ont été prononcées
- **DISCOURS INDIRECT**
  → les paroles sont reformulées et intégrées au récit dans une subordonnée
- **DISCOURS INDIRECT LIBRE**
  → les paroles sont reformulées et intégrées au récit sans subordonnée.

	DD	Di	DiL
«» : –	X		
verbe de parole	X	X	
marque d'oralité	X		X
énoncé coupé		X	X

PHILOSOPHIE

DOUTE

= état d'esprit qui est incertain et peut être le pressentiment d'une réalité diff de celle qui est communément admise

Sceptique

attribué à **PYRRHON**

→ Esquisses pyrrhoniennes

Le doute des sceptiques est

- **permanent** car il dure indéfiniment
- **systématique** car il remet tout en question

AUCUNE connaissance n'est possible = acatalepsie

LE **trilemme d'Agrippa**

⇨ LE DOUTE PERMET D'ATTEINDRE UNE TRANQUILLITÉ DE L'ÂME

≠ CONTRAINTES

Cartésien

attribué à **DESCARTES**

→ Discours de la méthode

Le doute cartesien est

- **méthodique** car il suit la méthode de Descartes
- **momentané** car il n'est pas perpétuel, il a un but défini

La SEULE certitude que nous ayons c'est que nous pensons

« **Cogito, ergo sum** »

⇨ LE DOUTE EST UN CHEMIN VERS LA VÉRITÉ

≠ PRÉJUGÉS

ESPAGNOL

el descubrimiento
de América
1492
conocido tambien como el día de la raza
día de la encuentro entre dos mundos
día de la resistencia indigena
¿quién es?
Cristobal COLÓN
1451 - 1506
era un famoso navegante genoves
Aprendió el arte de la navegación desde muy joven y viajó mucho por el Mediterraneo.
estaba convencido que la tierra no era plana sino redonda.
quería navegar hacia el occidente para llegar a la India y así conseguir una nueva ruta marítima mas corta por el commercio.
la Santa Maria
Salió del sur de españa con 3 carabelas ofrecidas por Isabel la Católica
españa
guanahani (bahamas)
12 de octubre
la Pinta
la Niña
durante el viaje, la tripulacion serebelo y quiso regresar a España.
EL ENCUENTRO
los indigenes estaban sorprendidos, espantados de la blancura, de los vestidos y de los barbas de los cristianos
Al contrario, los indigenas estaban
tenian la piel morena
los canarios
tenian el
parecieron
jovenes.
se
¡Al morir, Colón no supo que descubrió un continente!

@studygram_mthld

generación del 27

↳ grupo de poetas españoles del siglo XX.

está compuesto por

Pedro SALINAS
Gerardo DIEGO
Rafael ALBERTI
Emilio PRADOS
Jorge GUILLÉN
Vicente ALEIXANDRE
Dámaso ALONSO
Luis CERNUDA
Manuel ATOLAGUIRRE
Frederico GARCÍA LORCA

Este generación fue procedida por las vanguardias Europeas.

todos son parte de la misma procedencia social: burgesía acomodada

se reunieron por primera vez en 1927 el tercer centenario de la muerte de Luis de Góngora

las tres etapas

hasta 1927: influencia de Juan Jimenez y su poesía pura. poesía deshuma--nizada y formal

hasta 1939: la madurez la poesía se abre a temas sociales y políticos. poesía existencial

tras la guerra civil: los poetas salen al exilio y el grupo desaparece dispersión. muertos o exiliados

las 10 principales características de la Generación del 27

1. ruptura con literatura ♥
2. misma generación
3. compromiso político y social
4. literatura progresista
5. movimientos vanguardista
6. libertad creadora
7. influencia del siglo del Oro
8. poesía humanizada
9. mezcla lingüística
10. emoción e intelectualidad

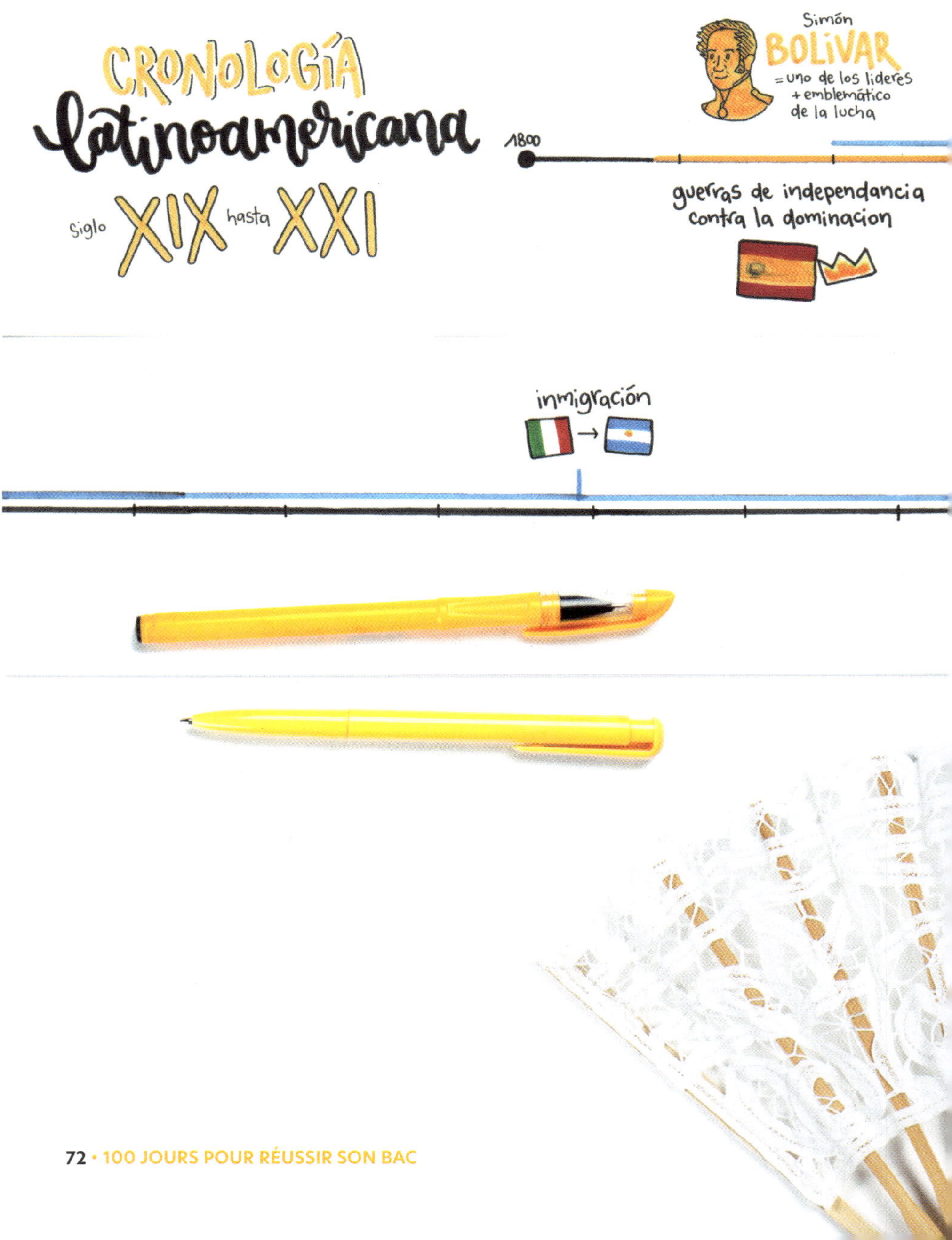
CRONOLOGÍA
latinoamericana
siglo XIX hasta XXI
1800
Simón
BOLIVAR
= uno de los lideres
+ emblemático
de la lucha
guerras de independancia
contra la dominacion
inmigración

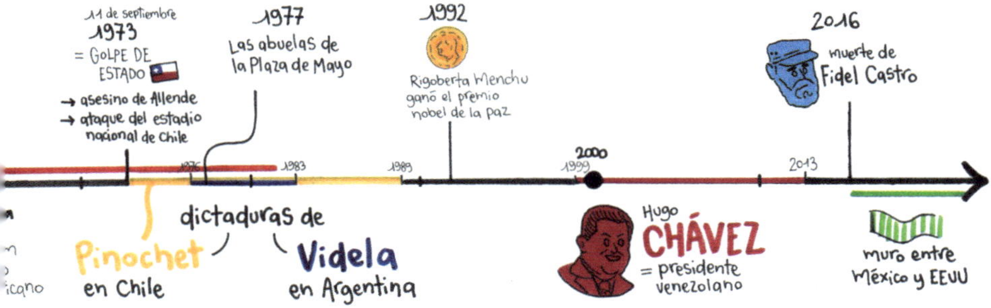
11 de septiembre
1973
= GOLPE DE ESTADO
→ asesino de Allende
→ ataque del estadio nacional de Chile
1977
Las abuelas de la Plaza de Mayo
1992
Rigoberta Menchu ganó el premio nobel de la paz
2016
muerte de Fidel Castro
1976
1983
1989
2000
1999
2013
dictaduras de
Pinochet en Chile
Videla en Argentina
Hugo CHÁVEZ
= presidente venezolano
muro entre México y EEUU

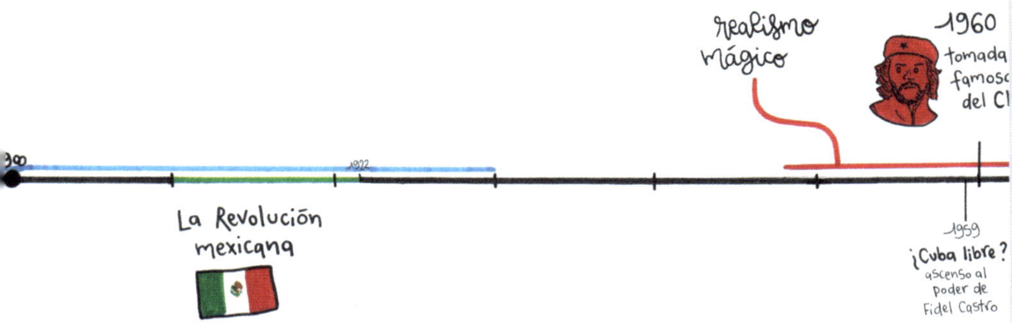
realismo mágico
1960
1922
La Revolución mexicana
1959
¿Cuba libre?
ascenso al poder de Fidel Castro

Subjonctif imparfait

En espagnol lorsque le verbe de la principale est au passé alors le verbe de la subordonnée sera au subjonctif imparfait.

-ar	-er	-ir
hablara	comiera	viviera
hablaras	comieras	vivieras
hablara	comiera	viviera
habláramos	comiéramos	viviéramos
hablarais	comierais	vivierais
hablaran	comieran	vivieran

les irreguliers

ser (être) / ir (aller)	estar (être)	hacer (faire)
fuera	estuviera	hiciera
fueras	estuvieras	hicieras
fuera	estuviera	hiciera
fuéramos	estuviéramos	hiciéramos
fuerais	estuvierais	hicierais
fueran	estuvieran	hicieran

FICHE GRAMMAIRE

tener (avoir)

tuviera
tuvieras
tuviera
tuviéramos
tuvierais
tuvieran

poner (mettre)

pusiera
pusieras
pusiera
pusiéramos
pusierais
pusieran

traer (apporter)

trajera
trajeras
trajera
trajéramos
trajerais
trajeran

saber (savoir)

supiera
supieras
supiera
supiéramos
supierais
supieran

decir (dire)

dijera
dijeras
dijera
dijéramos
dijerais
dijeran

querer (vouloir)

quisiera
quisieras
quisiera
quisiéramos
quisierais
quisieran

venir (venir)

viniera
vinieras
viniera
viniéramos
vinierais
vinieran

dar (donner)

diera
dieras
diera
diéramos
dierais
dieran

poder (pouvoir)

pudiera
pudieras
pudiera
pudiéramos
pudierais
pudieran

haber (il y avoir)

hubiera
hubieras
hubiera
hubiéramos
hubierais
hubieran

Obligation impersonnelle

L'obligation impersonnelle concerne tout le monde.
Elle ne s'applique à personne en particulier.
La forme la plus courante est

hay + que + infinitivo

Mais il existe d'autres formes

- **es necesario**
- **hace falta**
- **es presico**
- **es menester**
- ...

} + infinitiv

l'accentuation

à l'oral, en espagnol, chaque mot a une voyelle qui est + accentuée que les autres.

LES RÈGLES D'ACCENTUATION :

mot qui finit par
- voyelle
- s
- n

TA|XI

FLO|RES

accentuation sur l'avant-dernière syllabe

mot qui finit par
- consonne

PA|RED

RE|LOJ

accentuation sur la dernière syllabe

à l'écrit,
on met un accent quand un mot ne respecte pas la règle précédente :)

fácil cartón

inglés lápiz

ANGLAIS

USA
theunitedstatesofamerica
Presidents
35th
John F. Kennedy
1961-63
36th
Lyndon Johnson
1963-69
37th
Richard Nixon
1969-74
38th
Gerald Ford
1974-77
39th
Jimmy Carter
1977-81
40th
Ronald Reagan
1981-89
41st
George H.W. Bush
1989-93
42th
Bill Clinton
1993-2001
43rd
George W. Bush
2001-09
44th
Barack Obama
2009-17
45th
Donald Trump
2017-21
46th
Joseph Biden
2021-...

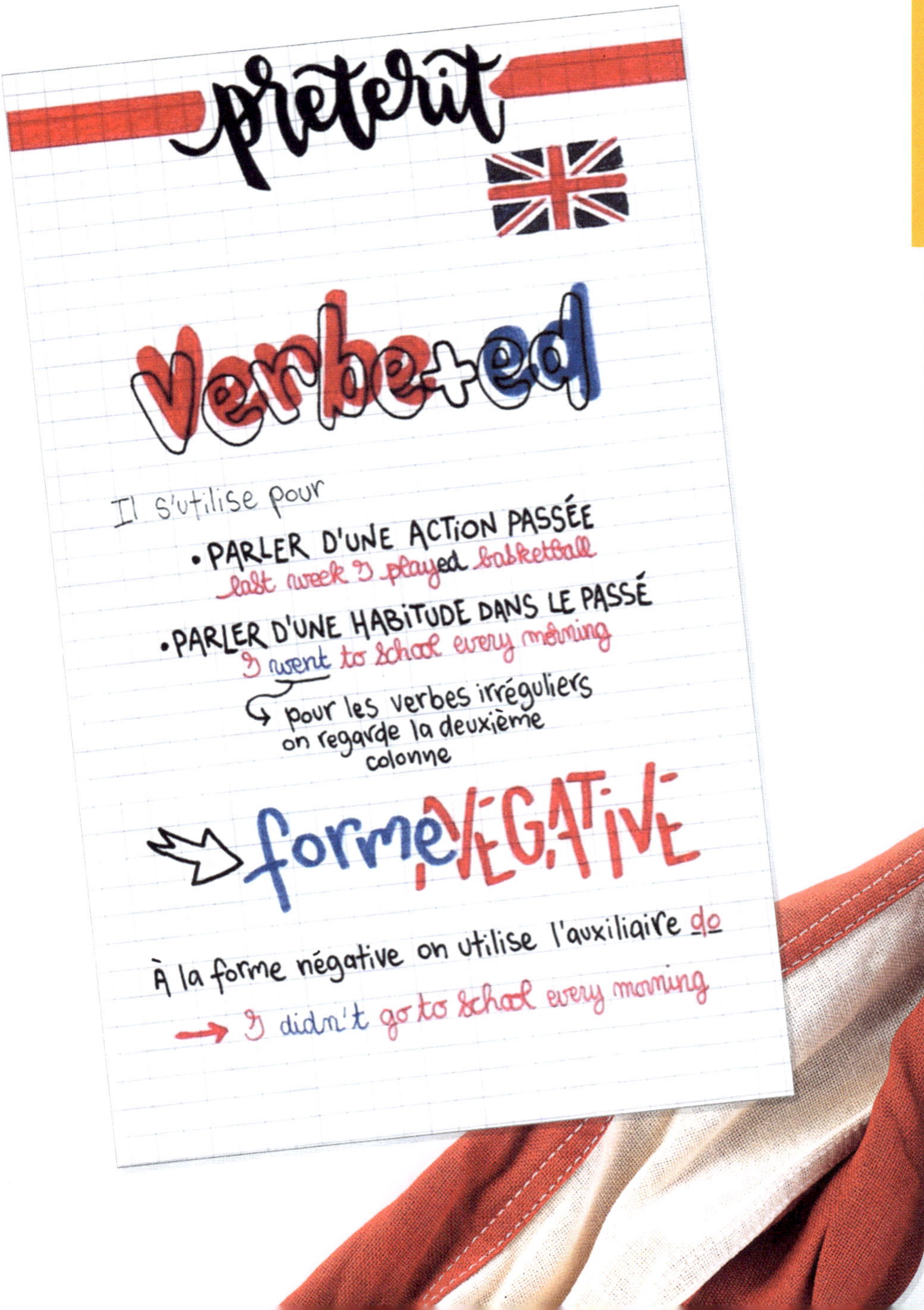
preterit
verbe+ed
Il s'utilise pour
• PARLER D'UNE ACTION PASSÉE
last week I played basketball
• PARLER D'UNE HABITUDE DANS LE PASSÉ
I went to school every morning
pour les verbes irréguliers on regarde la deuxième colonne
forme NÉGATIVE
À la forme négative on utilise l'auxiliaire do
→ I didn't go to school every morning

Conditional

would + b.v.

s'utilise pour

indiquer la politesse

exprimer le "futur dans le passé"

exprimer une condition avec "if"

Forme négative

La négation se place après would

He wouldn't talk if he's scared

Forme interrogative

Inversion would <-> auxiliaire

Would you talk to her if ... ?

pluriel
en
n français
el les noms
nt un -s.
a dog → two dogs
y a des exceptions :
nvariables
noms sont invariables, au
riel rien ne change.
→ two fish
→ two series
irréguliers
s noms sont irréguliers, au
el leur orthographe change.
d → two children
t → two feet
use → two mice
fe → two wives] en f → v
n les noms de famille prennent
des -s (the Simpsons)

MATHS & GÉOMÉTRIE

Résolution à l'aide du discriminant

On appelle **discriminant** du trinôme $ax^2 + bx + c$ le nombre $\mathbb{R}$, noté Δ :

$$\Delta = b^2 - 4ac$$

Si

- $\Delta < 0$: $ax^2 + bx + c = 0$ n'a pas de solution réelle

x	$-\infty$ $\qquad$ $+\infty$
$f(x)$	signe de a

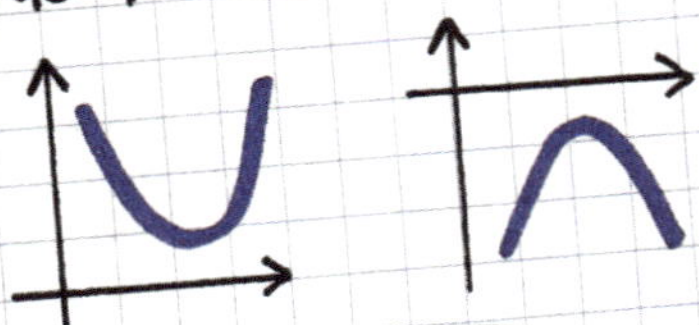

- $\Delta = 0$: a une solution $x_0 = \dfrac{-b}{2a}$

x	$-\infty$	x_0	$+\infty$
$f(x)$	signe de a	0	signe de a

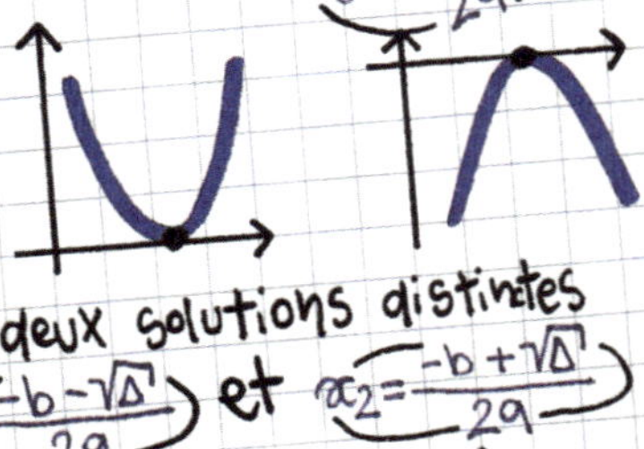

- $\Delta > 0$: a deux solutions distinctes $x_1 = \dfrac{-b - \sqrt{\Delta}}{2a}$ et $x_2 = \dfrac{-b + \sqrt{\Delta}}{2a}$

x	$-\infty$	x_1		x_2	$+\infty$
$f(x)$	signe de a	0	signe de $-a$	0	signe de a

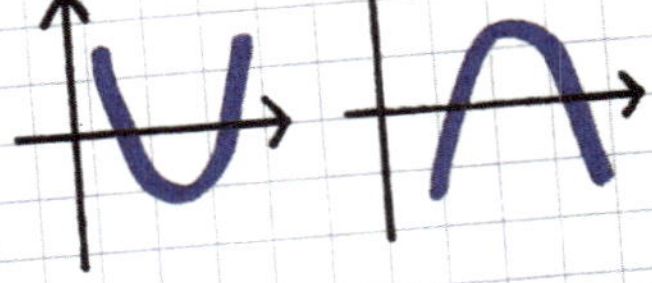

Parties du triangle

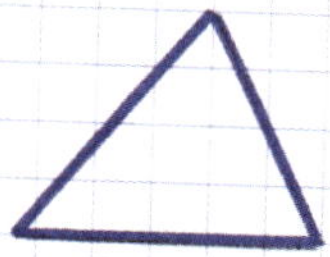

périmètre

a+b+c

aire

$\frac{bh}{2}$

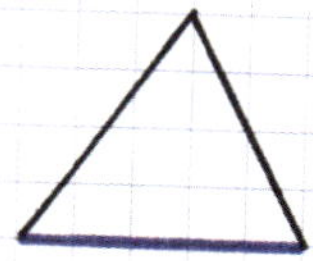

base

b

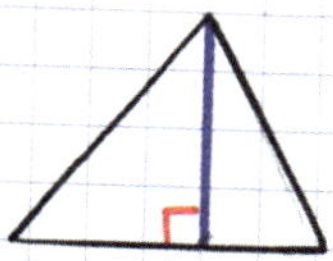

hauteur

h

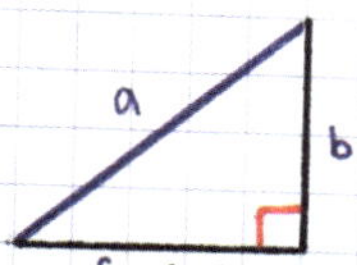

hypoténuse

$a^2 = b^2 + c^2$

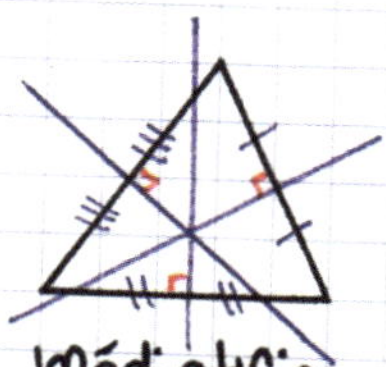

médiatrice

bissectrice

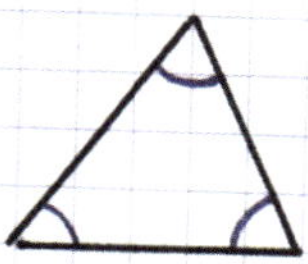

la somme des ∠ d'un triangle est TOUJOURS = à 180°

@studygram_mthld

Cercle trigono

Dans un repère orthonormé, le cercle **trigonométrique** est le cercle de centre O et de rayon 1 orienté dans le **sens trigonométrique**

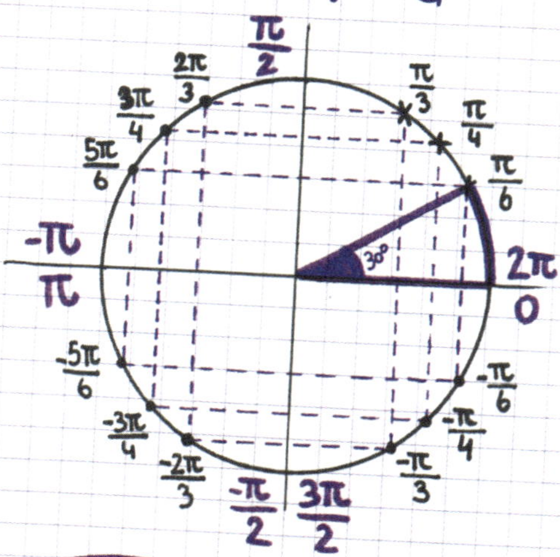

mesure en degrés :	0°	30°	45°	60°	90°	180°
mesure en radians :	0	$\frac{\pi}{6}$	$\frac{\pi}{4}$	$\frac{\pi}{3}$	$\frac{\pi}{2}$	π

équation cartésienne d'un plan

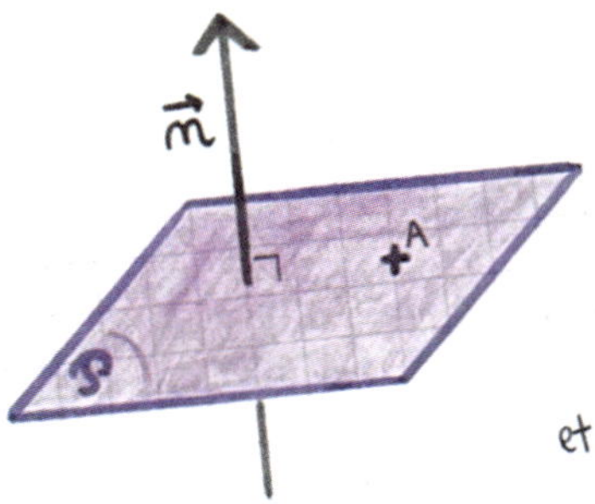

Soit un plan $\mathcal{P}$

avec $\vec{n}\begin{pmatrix}a\\b\\c\end{pmatrix}$

un vecteur normal

et $A \in \mathcal{P}$

→ Son équation cartésienne est de la forme

$$ax+by+cz+d=0$$

Pour recuperer d, on utilise les coordonnées d'un point du plan tel que $A(x_A ; y_A ; z_A)$ et on pose

$$d=-ax_A-by_A-cz_A$$

⚠ Si $ax_M+by_M+cz_M+d \neq 0$, alors le point $M(x_M ; y_M ; z_M) \notin \mathcal{P}$

loi binomiale

On considère un schéma de Bernoulli de proba p et constitué de n épreuves. On note X la variable qui compte le nombre de succès obtenus.

La variable X suit la loi binomiale de paramètres n et p. On note

$$X \sim \mathcal{B}(n ; p)$$

$$X \in \mathbb{N}[0 ; n]$$

proba $P(X = k)$

$$= \binom{n}{k} \times p^k \times (1-p)^{n-k}$$

$$\forall k \in [0 ; n]$$

Le coeff $\binom{n}{k}$ = nombre de chemins de l'arbre qui mènent à k succès.

Suites géométriques

Dire qu'une suite (u_n) est une suite géométrique signifie qu'il existe un réel q tel que pour tout n

$$u_{n+1} = q u_n$$

$$u_0 \xrightarrow{\times q} u_1 \xrightarrow{\times q} u_2 \xrightarrow{\times q} u_3$$

Soit une suite géométrique de raison q :

$$u_n = u_0 \times q^n$$

$$u_n = u_1 \times q^{n-1}$$

$$u_n = u_p \times q^{n-p}$$

fonction polynôme du 2nd degré

Une fonction polynôme du second degré se définit

$$f(x) = ax^2 + bx + c$$

où a, b et c sont des réels $\mathbb{R}$ avec

$$a \neq 0$$

Pour toute fonction polynôme du second degré, il existe deux nombres réels uniques

$$\alpha = -\frac{b}{2a} \quad \text{et} \quad \beta = f(\alpha)$$

tels que pour tout $\mathbb{R}$ x on a

$$f(x) = a(x-\alpha)^2 + \beta$$

Avec ces notations, on dit que $a(x-\alpha)^2 + \beta$ est la **FORME CANONIQUE** de la fonction polynôme du second degré $ax^2 + bx + c$

Tableau
de CONVERSION
Giga G 10^9
Mega M 10^6
Kilo K 10^3
hecto h 10^2
deca da 10^1
deci d 10^{-1}
centi c 10^{-2}
milli m 10^{-3}
micro µ 10^{-6}
nano n 10^{-9}

Nombres réels

↳ Les nombres sont classés dans des ensembles en fonction de leurs propriétés

$\mathbb{N}$ ensemble des entiers naturels
($0 \in \mathbb{N}$; $17 \in \mathbb{N}$; $-3 \notin \mathbb{N}$)

$\mathbb{Z}$ ensemble des entiers relatifs
($-6 \in \mathbb{Z}$; $5 \in \mathbb{Z}$; $\frac{3}{2} \notin \mathbb{Z}$)

$\mathbb{D}$ ensemble des nombres décimaux
($1,4 \in \mathbb{D}$; $\frac{5}{4} \in \mathbb{D}$; $\frac{1}{3} \notin \mathbb{D}$)

$\mathbb{Q}$ ensemble des nombres rationnels
($\frac{1}{3} \in \mathbb{Q}$; $5 \in \mathbb{Q}$; $\sqrt{2} \notin \mathbb{Q}$)

$\mathbb{R}$ ensemble des nombres reels
($\sqrt{2} \in \mathbb{R}$; tous les nombres)

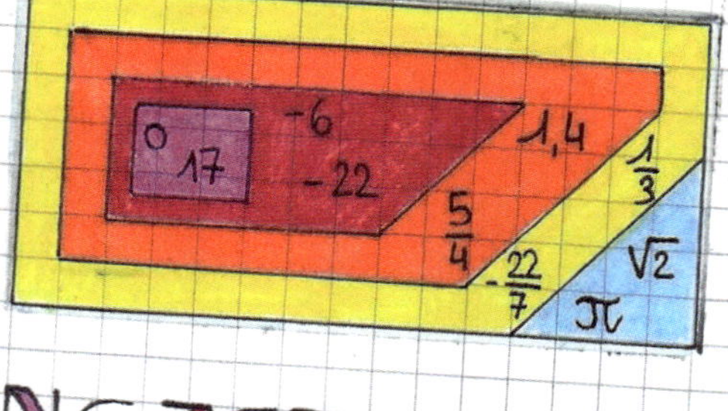

$\mathbb{N} \subset \mathbb{Z} \subset \mathbb{D} \subset \mathbb{Q} \subset \mathbb{R}$

Vecteurs du plan

La relation de CHASLES

indique que pour 3 points A, B et C quelconques du plan.

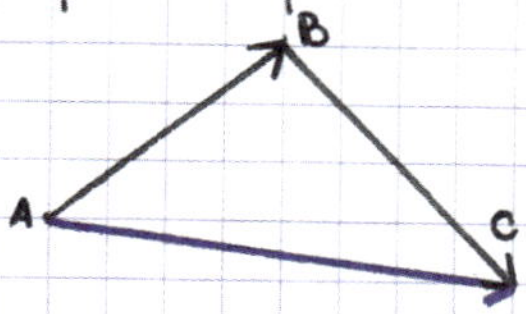

$$\overrightarrow{AB} + \overrightarrow{BC} = \overrightarrow{AC}$$

Lorsque l'on connaît les coordonnées de deux points dans un repère orthonormé on peut calculer :

la distance les séparant

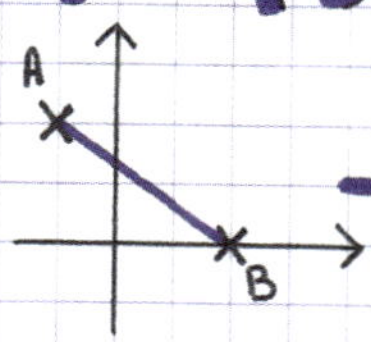

$$\sqrt{(x_B - x_A)^2 + (y_B - y_A)^2}$$

les coordonnées **du milieu** du segment

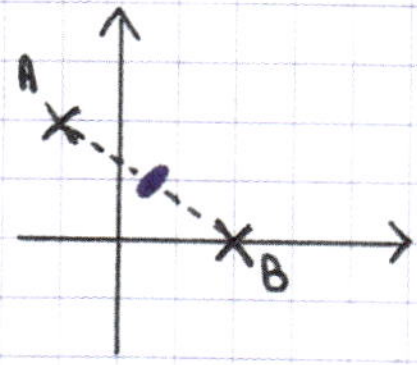

$$\left(\frac{x_A + x_B}{2} \, ; \frac{y_A + y_B}{2} \right)$$

snt

algorithme
les bases

• variable

dans un programme de calcul, on peut utiliser une variable x qui contient les résultats obtenus.

Une variable est désignée par un nom :
- entier ($\mathbb{Z}$)
- flottant ($\mathbb{Q}$)
- chaîne de caractères (suite ordonnée)
- booléen (vrai / faux)

• affectation

Lorsque l'on donne une valeur à x, on écrit

$X \leftarrow \ldots$ on lit X prend la valeur ...

• commandes PYTHON

NUMWORKS

$c \leftarrow a$	:	c = a
$+$	:	+
$-$	:	-
$\times$	:	*
$\div$	:	/
x^n	:	x**n
π	:	pi
$\sqrt{x}$	:	sqrt(x)

reste de la division : fmod(a,b)
demander valeur : (x)
tester l'égalité : a == c

les suites numériques

Une suite numerique u est une fonction qui à tout $n \in \mathbb{N}$ associe un nombre $\mathbb{R}$ noté

$$u_n$$

C'est une liste ordonnée de nombres $\mathbb{R}$
elle peut être définie

sous forme explicite

$$u_n = f(n)$$

au moyen d'une relation de recurrence

$$u_{n+1} = f(u_n)$$

representat° Graphique

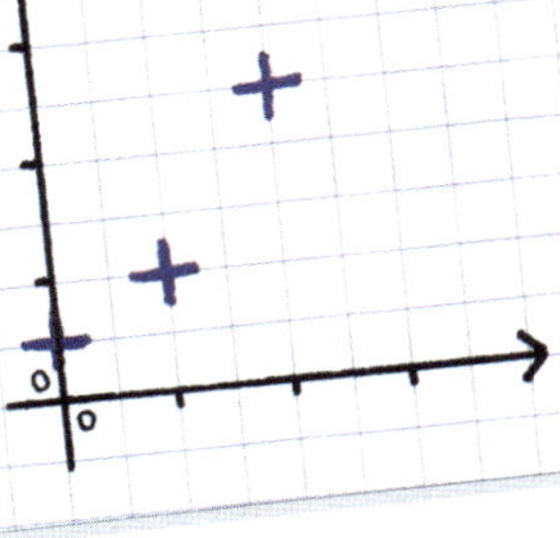

On obtient un nuage de points.

⚠ il ne faut pas relier les points car la suite n'est definie que pour des valeurs entières de n

PENDANT L'ANNÉE

PHYSIQUE-CHIMIE

Tableau
des éléments
1
I
1 H hydrogène 1
2
II
3 Li lithium
4 Be bérylium
III
11 Na Sodium
12 Mg magnesiem
3 4 5 6 7 8 9
IV
19 K potassium
20 Ca calcium
21 Sc Scandium
22 Ti titane
23 V vanadium
24 Cr chrome
25 Mn manganèse
26 Fe fer
27 Co cobalt
V
37 Rb rubidium
38 Sr Strontium
39 Y yttrium
40 Zr Zirconium
41 Nb niobium
42 Mo molybdène
43 Tc technétium
44 Ru ruthénium
45 Rh rhodium
VI
55 Cs césium
56 Ba baryum
lanthanides
72 Hf hafnium
73 Ta tantale
74 W tungstène
75 Re rhénium
76 Os osmium
77 Ir iridium
VII
87 Fr francium
88 Ra radium
actinides
104 Rf rutherfodium
105 Db dubnium
106 Sg seaborgium
107 Bh bohrium
108 Hs hassium
109 Mt meitnerium
métal de transition
métal alcalin
alcalino-terreux
non metallique
métalloïde
hallogène
gaz noble
57 La lanthane
58 Ce cérium
59 Pr praseodyme
60 Nd neodyme
61 Pm prométhium
62 Sm samarium
63 Eu europium
89 Ac actinium
90 Th thorium
91 Pa protactinium
92 U uranium
93 Np neptunium
94 Pu plutonium
95 Am américium

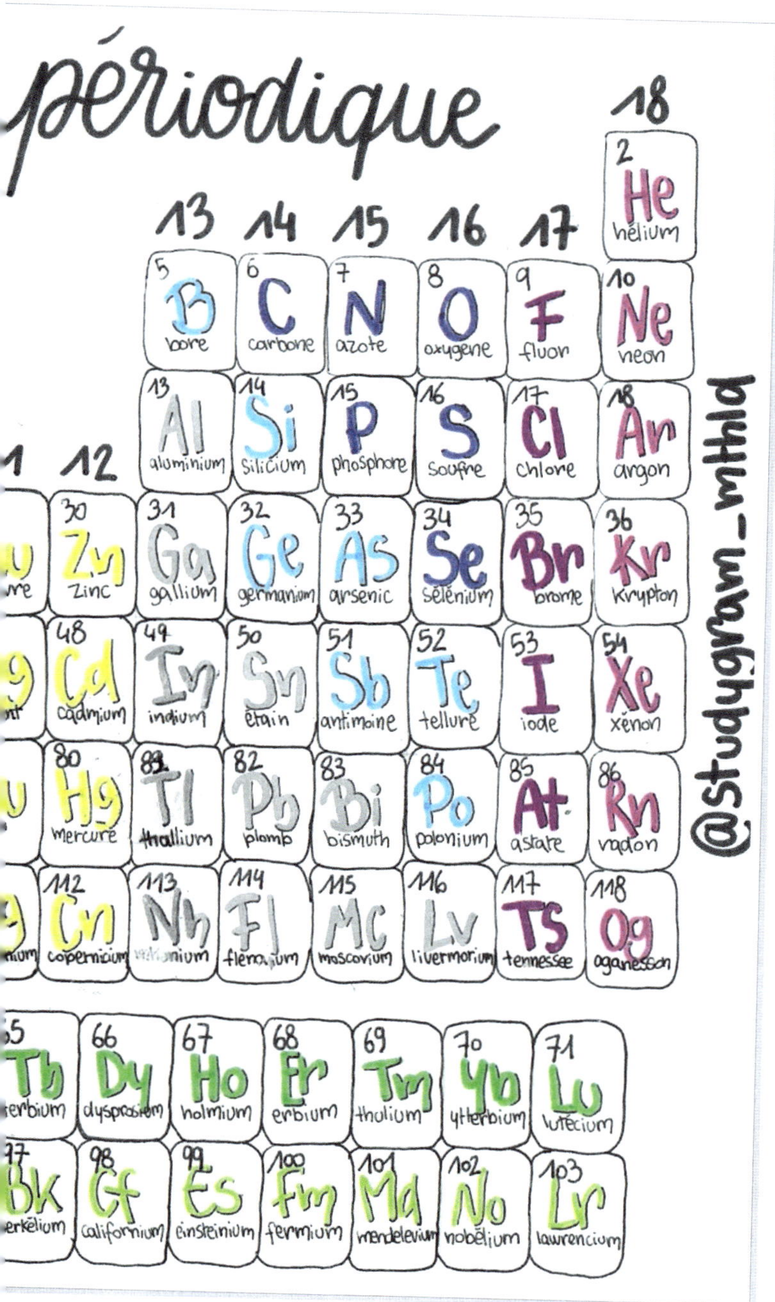
périodique
18
13 14 15 16 17
12
2 He hélium
5 B bore
6 C carbone
7 N azote
8 O oxygène
9 F fluor
10 Ne neon
13 Al aluminium
14 Si silicium
15 P phosphore
16 S soufre
17 Cl chlore
18 Ar argon
30 Zn zinc
31 Ga gallium
32 Ge germanium
33 As arsenic
34 Se sélénium
35 Br brome
36 Kr krypton
48 Cd cadmium
49 In indium
50 Sn étain
51 Sb antimoine
52 Te tellure
53 I iode
54 Xe xénon
80 Hg mercure
81 Tl thallium
82 Pb plomb
83 Bi bismuth
84 Po polonium
85 At astate
86 Rn radon
112 Cn copernicium
113 Nh
114 Fl
115 Mc moscovium
116 Lv livermorium
117 Ts tennessee
118 Og oganesson
66 Dy dysprosium
67 Ho holmium
68 Er erbium
69 Tm thulium
70 Yb ytterbium
71 Lu lutécium
98 Cf californium
99 Es einsteinium
100 Fm fermium
101 Md mendelevium
102 No nobélium
103 Lr lawrencium
@studygram_mthld

Mole

unité de quantité de matière

Une **mole** est un ensemble d'entités chimiques qui en contient toujours le même nombre noté **Na** appelé nombre d'**AVOGADRO**.

Pour comparaison :

un pack = 6

une paire = 2

Na

une mole = $6{,}02 \cdot 10^{23}$

Une quantité de matière se note **n** et s'exprime en "**mol**"

ainsi : (mol) → $$n = \frac{N}{Na}$$

masse molaire

La masse molaire notée **M** s'exprime en **g/mol**.

Pour la calculer, on multiplie la masse molaire de chaque atome par son coefficient **stoechiométrique**.

$$M(H_2O) = 2 \times 1 + 1 \times 16 = 18 \text{ g/mol}$$

atome

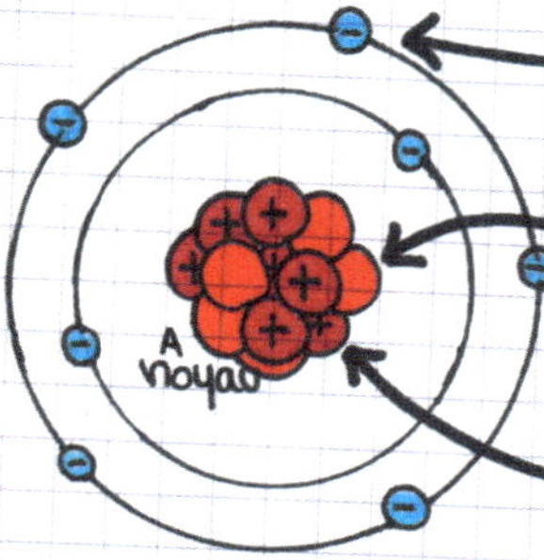

électrons Z
masse : $m_e = 9,31 \times 10^{-31}$ kg
− $q_e = -e = -1,60 \times 10^{-19}$ C

neutrons N
masse : $m_n = 1,67 \times 10^{-27}$ kg
$q = 0$

protons Z
masse : $m_p = 1,67 \times 10^{-27}$ kg
+ $q_p = e = 1,60 \times 10^{-19}$ C

→ une charge électrique s'exprime en COULOMB (C) et se note "q".

$^{A}_{Z}X$

X correspond au **symbole** de l'atome
A s'appelle le nombre de masse
Z s'appelle le numéro atomique

cortège électro

On appelle "cortège électronique" la répartition de ses électrons sur les **couches électroniques** :

1s ; 2s - 2p ; 3s - 3p ... s → 2 ; p → 6

Un électron ne peut être placé dans une couche si la précédente n'est pas saturée.

Schéma de Lewis

Il permet de représenter les électrons de valence de façon schématisée.

H· ·Ċ· ·N̄· |Ō· |C̄l·

Il existe 3 types de liaisons de covalence :

la simple — A – B

l'eau H_2O : H – Ō – H

la double — A = B

l'éthylène C_2H_4 : H₂C = CH₂ (H–C=C–H, chaque C portant un second H)

la triple — A ≡ B

le diazote N_2 : |N ≡ N|

ondes électromagnétiques

@ dem_studies
@studygram_mthld

Une onde électromagnétique (O.E.M.) est une perturbation des champs électriques et magnétiques d'un milieu, qui se propage.

Selon leur longueur d'onde λ ou leur fréquence ν, les OEM sont classées en différents domaines :

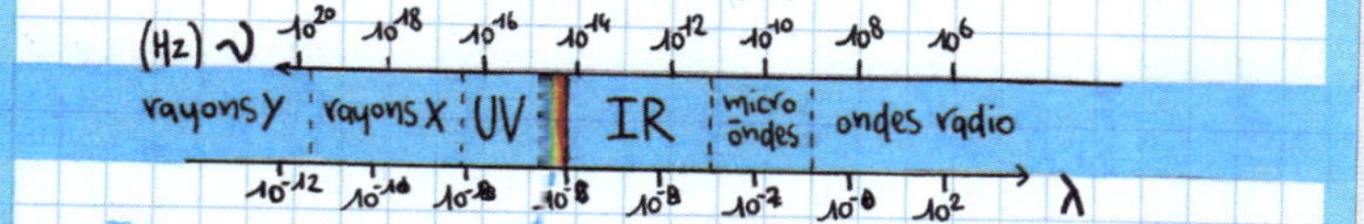

On appelle "lumière" les OEM visibles pour l'oeil humain. Elles appartiennent au domaine du visible.

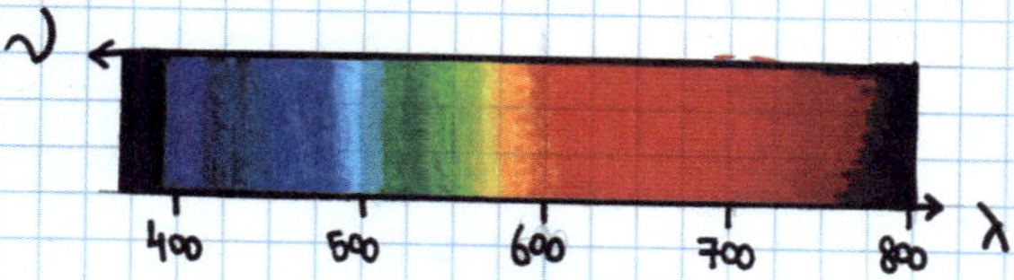

La longueur d'onde et la fréquence d'une OEM sont liées par

$$\lambda = \frac{c}{\nu}$$

λ : m ; c : m/s ; ν : Hz

Absorbance d'une Solution

L'absorbance A mesure la capacité d'une solution à absorber la lumière.

La couleur d'une solution est déterminée à partir de

son **spectre d'absorption**

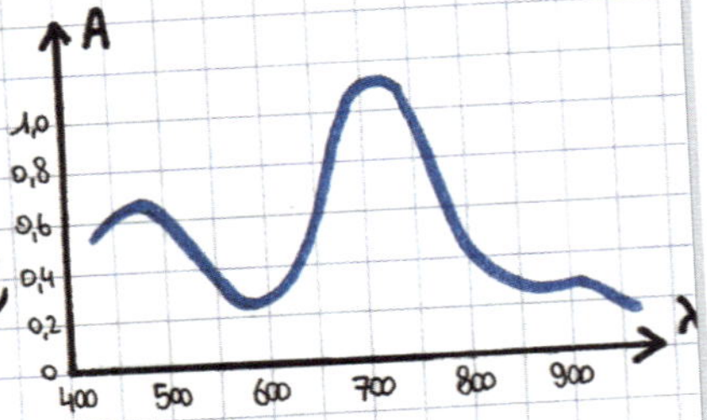

et de **l'étoile chromatique**

Pour une solution diluée, l'absorbance et la concentration sont proportionnelles.

$$A = k \times c$$

Loi de Beer-Lambert

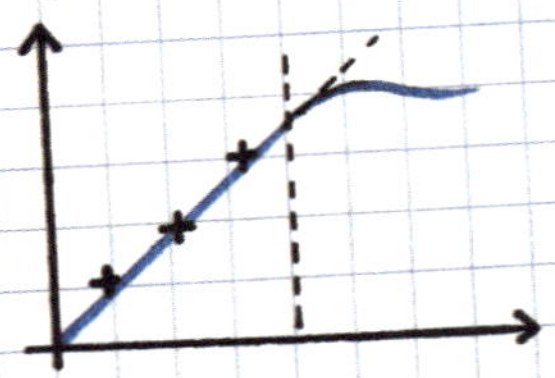

synthèse additive

La **trichromie** est une technique qui permet d'obtenir n'importe quelle couleur à partir de trois couleurs primaires.

Pour la synthèse additive, les 3 couleurs sont

le **Rouge**,
le **Vert** et
le **Bleu**

L'addition de 2 couleurs primaires est telle que

BL + V = C

R + BL = M

V + R = J

R + BL + V = BL

pH

potentiel HYDROGÈNE

Le pH n'a pas d'unité, il varie entre 0 et 14 et dépend de la quantité d'ions H^+ et d'ions HO^-

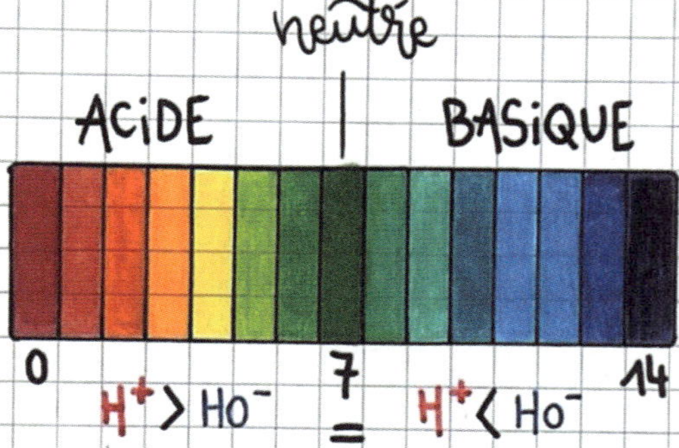

Pour mesurer le pH d'une solution, on utilise :

un pH-mètre

ou

du papier-pH

Les solutions très acides et très basiques sont dangereuses car **corrosives** !

réaction acido-basique

Une réaction acide-base est une réaction au cours de laquelle il y a transfert d'un ion hydrogène H^+ entre

acide <7 : capable de céder au moins un H^+

et

base >7 : capable de capter au moins un H^+

L'espèce chimique formée lorsqu'un acide perd un H^+ est sa **base conjuguée**. Se forme alors un <u>couple</u>

$$AH/A^-$$

auquel on associe la demi-équation

$$AH = A^- + H^+$$

Transfert thermique

Il en existe 3 modes :

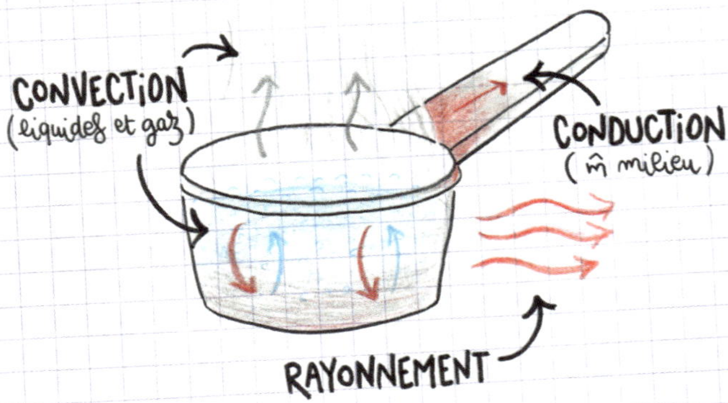

Flux thermique

noté φ

= vitesse du transfert

$$\Phi = \frac{Q}{\Delta t}$$

W — Φ ; J — Q ; s — Δt

Signal
sonore
Un signal sonore / son est créé par la
d'un objet
Il a besoin d'un milieu
se propager. C'est une onde
Le son ne se propage pas dans
d'un motif
La période
signal
correspond à la
d'un motif
elle se note T
T
t(s)
La fréquence f correspond au nombre
de motifs par seconde.
f = 1/T
T = 1/f
f est l'inverse de T
1
f
T

@studygram_mtl

Lentille mince convergente

La position, la taille et le sens sont les 3 caractéristiques d'une image donnée par une lentille.

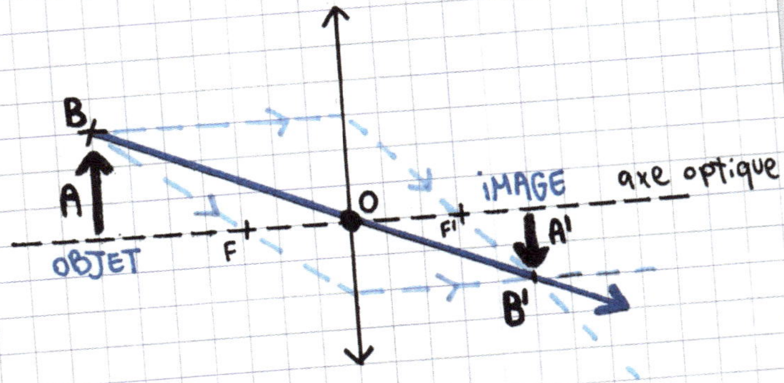

relation de grandissement γ

$$\gamma = \frac{\overline{A'B'}}{\overline{AB}} = \frac{\overline{OA'}}{\overline{OA}}$$

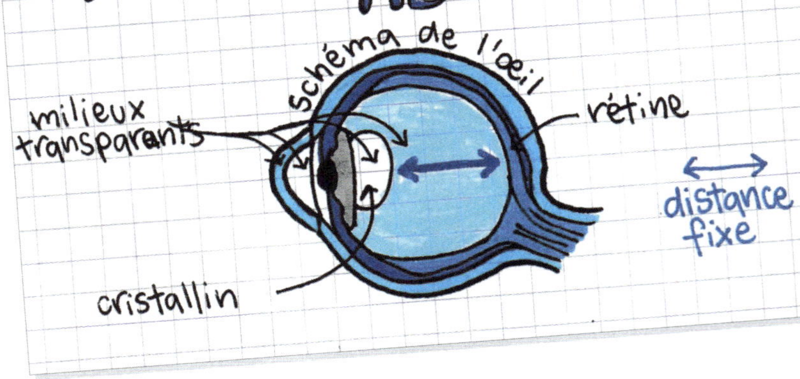

Travail d'une force

Le travail d'une force constante $\vec{F}$ lors du deplacement $\vec{AB}$ du système se note

$$W_{AB}(\vec{F}) = \vec{F} \cdot \vec{AB}$$

$W_{AB}(\vec{F})$: en J

$\vec{F} \cdot \vec{AB}$: produit scalaire

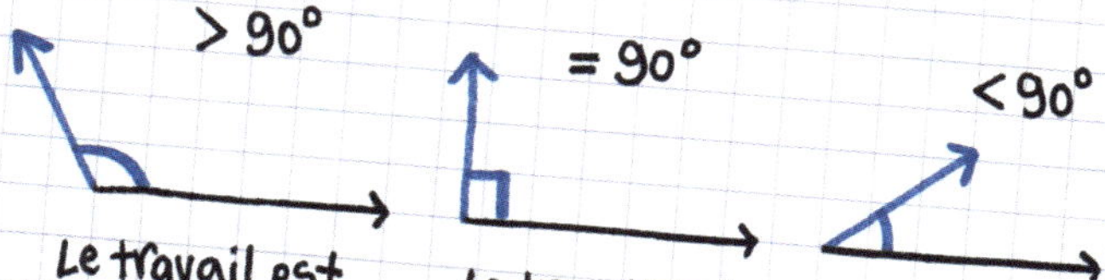

Le travail est **Résistant**

Le travail est **nul**

Le travail est **moteur**

Théoréme de l'énergie cinétique

$$\Delta E_C = E_C(B) - E_C(A) = \sum W_{AB}$$

SCIENCES DE LA VIE ET DE LA TERRE

schéma
E.S. SVT
de l'oreille
pavillon
enclume
marteau
nerf auditif
cochlée
conduit auditif
étrier
tympan

Groupes sanguins

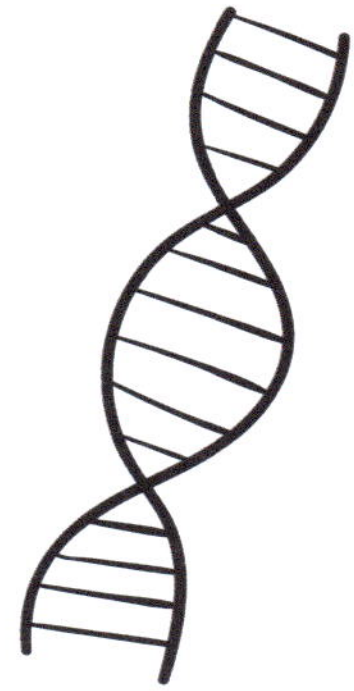

L'information du groupe sanguin se situe sur la paire du chromosome 9

Il existe 4 groupes sanguins différents :

A B AB O

A et B sont des allèles dominants tandis que O est un allèle récessif.

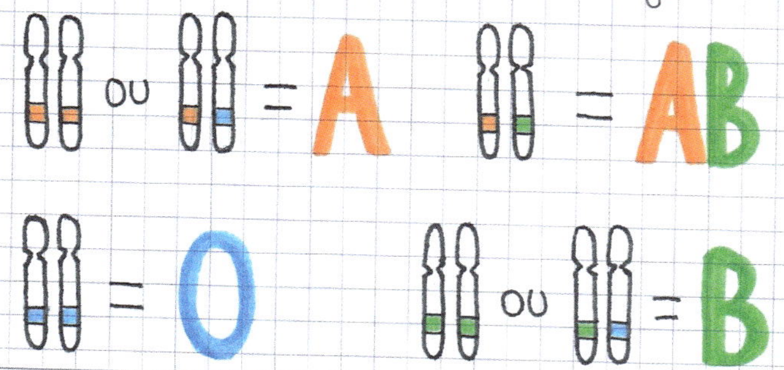

le système
solaire
Soleil
Mercure
Vénus
Terre
Mars
Jupiter
"Me Voici Tout Mouillé, J'ai Suivi Un Nage

la Lune

= Satellite naturel de la Terre

Dans le référentiel géocentrique, le mouvement de la Lune est quasiment circulaire et uniforme.

Elle réalise 2 mouvements à la fois :

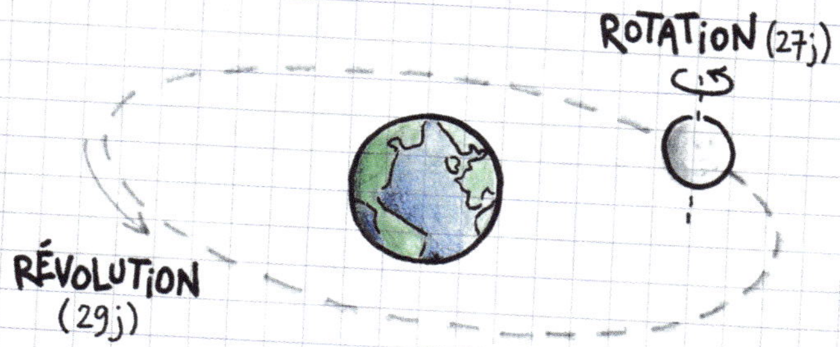

Selon la position de la par rapport à la , la surface eclairée par le n'a pas le même aspéct. On parle alors des différentes

Phases de la Lune

@fabercastellfrance × @studygram_mthld

HISTOIRE-GÉOGRAPHIE & SCIENCES ÉCONOMIQUES ET SOCIALES

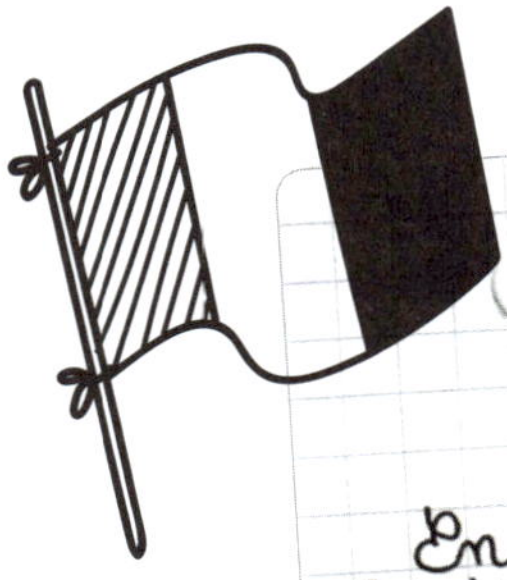

Ve République

En **1958** Charles de Gaulle devient le premier président de la Ve République.

En **1965** a lieu la première élection présidentielle au suffrage universel.

Les présidents

Charles de Gaulle
1958 - 1969

Georges Pompidou
1969 - 1974

Valéry Giscard d'Estaing
1974 - 1981

François Mitterrand
1981 - 1995

Jacques Chirac
1995 - 2007

Nicolas Sarkozy
2007 - 2012

François Hollande
2012 - 2017

Emmanuel Macron

Crise de 1929

1re GM

+

surproduction

+

spéculation

= **Krach boursier**
(Wall Street)

GRANDE DEPRESSION avec USA

puis,

diffusion de la crise en Europe et dans le **monde entier**

- effondrement du commerce international
- chomage de masse (42% en )

un mundo de flujos

El flujo de bienes, capital e información está aumentado considerablemente entre las diferentes partes del mundo.

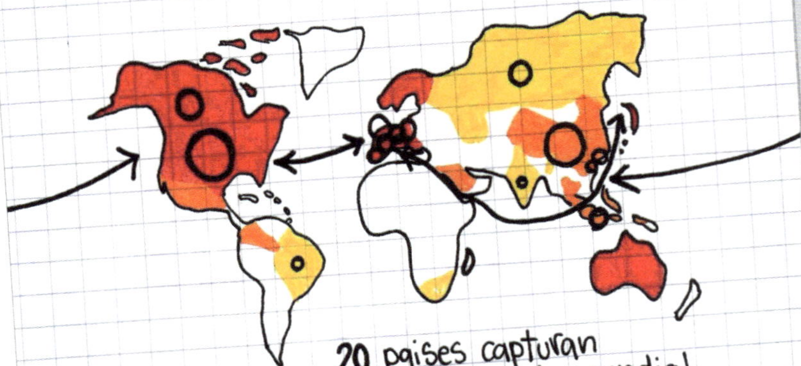

20 paises capturan
75% del comercio mundial

La integración o no en la red mundial depende del desarrollo pero tambien de cuestiones geográficas.

Los GAFAM apoyados por Washington tienen un poder considerable en la mayoria de los sectores.

FICHES GÉOGRAPHIE*

PENDANT L'ANNÉE

*les fiches sont en espagnol, car j'ai étudié en section binationale Bachibac.

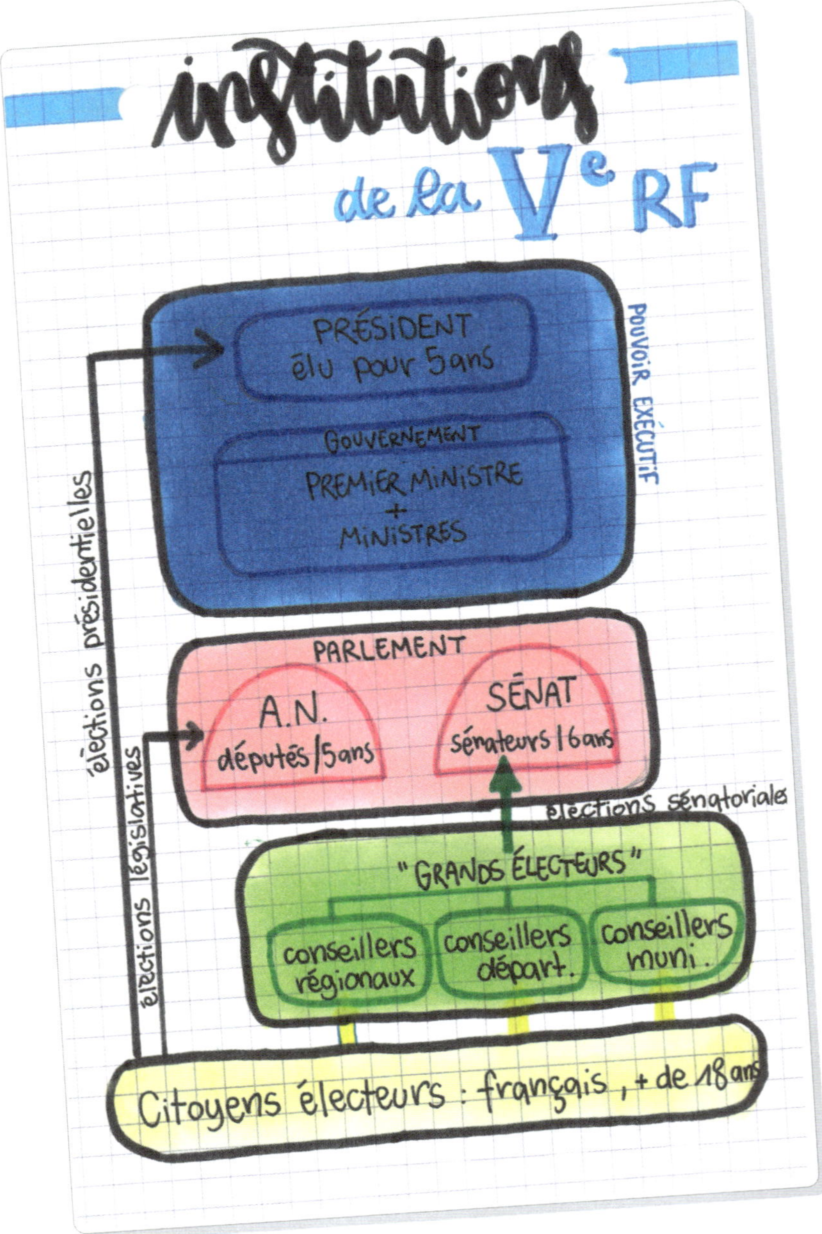
institutions
de la Ve RF
PRÉSIDENT
élu pour 5 ans
GOUVERNEMENT
PREMIER MINISTRE
+
MINISTRES
POUVOIR EXÉCUTIF
PARLEMENT
A.N.
députés/5 ans
SÉNAT
sénateurs/6 ans
élections sénatoriales
"GRANDS ÉLECTEURS"
conseillers régionaux
conseillers départ.
conseillers muni.
élections présidentielles
élections législatives
Citoyens électeurs : français, + de 18 ans

la construction des liens sociaux

Le lien social peut désigner à la fois
une relation directe "connue"
mais aussi
une affiliation entre individus "méconnue"

On distingue alors **2** types de sociabilité

lien

simples "conn

lien

liens récurrents,
qui mettent en 'j

la nomenclature des P.C.S.

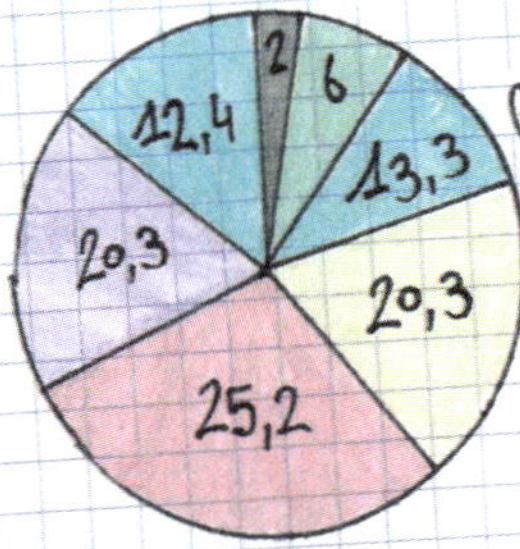

GROUPES SOCIO-PROFESSIONNELS

part des catégories sociales en France en %

représentat° de la hiérarchie sociale des P.C.S.

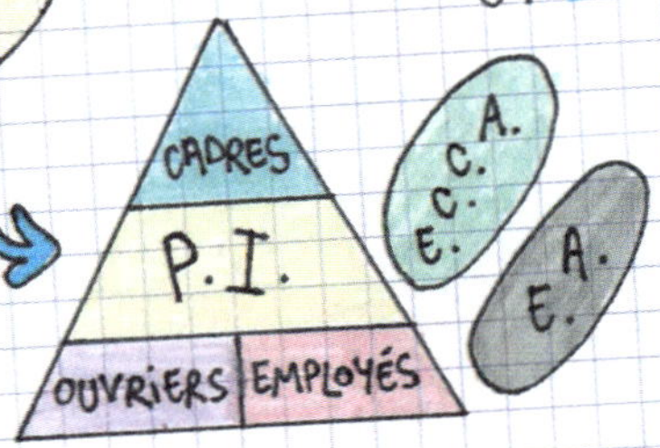

Pour constituer ces groupes, l'**INSEE** prend en compte un certain nombre de **critères socio-professionnels**

- QUALIFICATION
- STATUT D'EMPLOI
- SECTEUR D'ACTIVITÉ
- POSITION HIÉRARCHIQUE

⚠ le revenu n'est pas un critère ! de classement

la socialisation

ensemble des processus par lesquels la société forme et transforme les façons de faire, d'être et de penser des individus.

Le processus de socialisation se déroule sur l'ensemble de la vie d'un individu.
Cette transmission peut se faire de 3 façons différentes : les modes de socialisation

↳ **par imitation**

↳ **par injonction**

↳ **par interaction**

Il existe des groupes qui participent à la socialisation, on les appelle instances de socialisation.

<u>les 4 principales :</u>

la famille

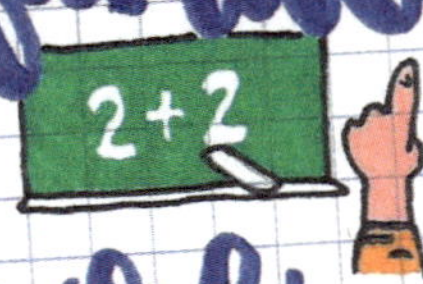

l'école

les pairs

les médias

Les richesses d'une entreprise

Une entreprise produit des biens et des services marchands. Ces productions rapportent donc de l'argent, c'est le

Chiffre d'affaires

CA = prix unitaire × quantité vendue

Mais le chiffre d'affaires ne nous dit pas ce que cette production a apporté comme valeur, on calcule donc la

Valeur ajoutée

VA = CA – Ci

La valeur ajoutée est utilisée pour verser de l'argent
- aux salariés
- aux impôts
- aux banques
- aux actionnaires
- à la trésorerie

Marché en C.P.P.

= concurence pure et parfaite

La représentation graphique du marché s'appuie sur une théorie économique. Ce modèle repose sur 5 hypothèses.

parfaite mobilité des facteurs

atomicité

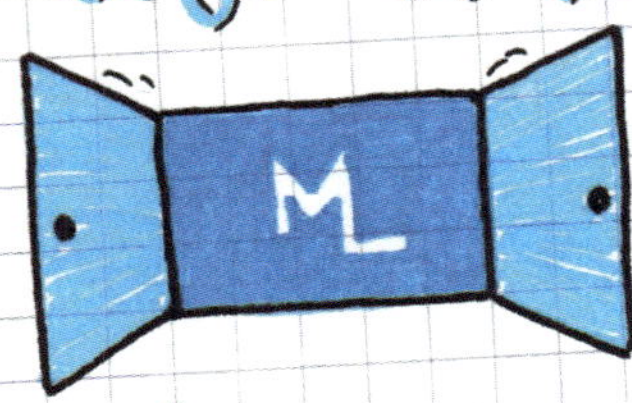

libre accès au marché

transparence de l'information

homogénéité

la Monnaie

Pour être considerée comme une monnaie, une entité doit être simultanément :

→ INTÉRMEDIAIRE DES ÉCHANGES
≠ troc

→ RÉSERVE DE VALEUR
≠ fruit

→ UNITÉ DE COMPTE
= morcelable

La monnaie est une institution nécessairement liée à la confiance des agents en son pouvoir. Elle existe sous 4 formes

fiduciaire
↳ sans valeur INTRINSÈQUE

marchandise

scripturale
↳ lignes de compte

électronique
↳ dematérialisée + usage du numerique

Jouer au professeur

« Il n'est pas rare que deux élèves comprennent mieux leurs devoirs ensemble qu'avec un enseignant, un élève peut mieux aider son camarade car il en sait moins que l'instituteur. La difficulté qu'il doit expliquer, il l'a rencontrée récemment. L'expert l'a rencontrée il y a si longtemps qu'il l'a oubliée. »

C.S. Lewis

Au-delà des fiches, j'ai une méthode ultime que j'applique depuis que je suis petite sans forcément m'en rendre compte, mais qui, je le sais, est une des clés de ma réussite scolaire : expliquer aux autres. En gros, cela revient à **jouer au professeur.**

Tu peux le faire en te filmant ou devant un miroir. Imagine-toi en train de faire cours ou imite ton prof dans ta tête. Faire toute cette gymnastique en te mettant dans le rôle de celui qui explique va sincèrement t'aider.

Le mieux est d'**expliquer le cours ou la notion à un de tes camarades de classe** pour que vous soyez tous les deux gagnants, mais tu peux aussi t'amuser à l'expliquer à tes parents, tes frères et sœurs ou même ton doudou (l'important est d'avoir ou d'imaginer quelqu'un en face de toi). Tu lui expliques tout de la **manière la plus simple possible**. L'idée est qu'il comprenne ce que tu es en train de lui raconter (bon, j'ai des doutes sur ton doudou). Tu vas voir, c'est *Game Changer* car, en simplifiant, il se passe deux choses :

- réexpliquer avec tes mots te permet de vérifier que tu as compris ;
- en verbalisant avec tes mots, tout va s'ancrer dans ta tête, car ce process te fait passer de l'apprentissage à la compréhension. Désormais, la notion, tu ne la connais pas par cœur sans la comprendre, tu la comprends totalement et tu es capable de la réutiliser dans plusieurs cas de figure.

Il faut bien sûr prendre en compte le fait que tu as apporté tes lumières à un de tes amis ! C'est ce que j'expérimente sur les réseaux sociaux, et même quand j'étais plus petite. Dès la primaire, j'ai constaté que, lorsque j'expliquais tel ou tel point à mes amis, ils comprenaient très rapidement. Pourquoi ? Parce que je leur parlais simplement, **je parlais comme eux et je partageais leurs références**. Je m'adaptais inconsciemment à eux en leur donnant un exemple lié au sport qu'ils aiment ou en faisant un parallèle avec la série du moment.

C'est pourquoi mes tutos sur les réseaux sociaux semblent fonctionner, servir et plaire : **j'adapte l'école aux codes de notre génération**. Dans le fond, je raconte la même chose que ton prof, mais je le présente différemment.

Quand tu as compris ça, c'est gagné.

Essaie de moduler les informations que tu apprends en les racontant de différentes manières, à différentes personnes et à différents moments.

Utiliser des flashcards

C'EST QUOI ?

Les flashcards ont été inventées en Angleterre dans les années 1830 par Mrs Favell Lee Mortimer, une enseignante britannique, afin d'aider ses élèves à apprendre la phonétique. C'est un jeu de cartes mémoire qui repose sur le fait qu'une carte (et la question qu'elle porte) revient régulièrement sous tes yeux.

Si tes proches en ont marre de t'entendre leur expliquer tes cours ou qu'ils ne sont tout simplement pas disponibles, tu peux recourir à une méthode assez ludique pour t'auto-interroger qui fonctionne super bien : **les flashcards**.

Les flashcards, ce sont **des petites cartes** (ou des morceaux de feuille, mais ça sonne moins bien) que tu peux faire toi-même. Pour ça, il suffit de prendre un bristol et de le découper en trois ou quatre cartes selon ses dimensions, d'acheter des flashcards déjà prêtes ou même d'utiliser une application comme Quizlet.

L'idée est d'écrire une question de ton cours au verso d'une carte et la réponse au recto. Comme ça, c'est tout simple, tu peux t'auto-interroger, n'importe où, à n'importe quel moment (tu n'as plus aucune excuse, tu peux même réviser dans le bus !).

Enfin, « n'importe où, à n'importe quel moment », oui, mais pour obtenir un résultat optimal et être certain de vraiment apprendre, je te conseille de les utiliser méthodiquement.

1 Adopte une méthode classique : les boîtes de Leitner

C'EST QUOI ?

Le système Leitner a été inventé par Sebastian Leitner, un journaliste et psychologue allemand, dans les années 1970. Leitner cherchait une façon efficace de retenir beaucoup d'informations, surtout dans le cadre des études. Il a mis au point un système de classement de cartes mémoire de révision, par boîtes, en fonction du degré de mémorisation de chacune : une réponse apportée facilement fait ainsi passer sa carte concernée à une boîte ultérieure, ce qui fait que la question qu'elle porte sera soumise à l'apprenant plus tard et moins régulièrement. Bref, cela corse le jeu, mais le rend plus efficace !

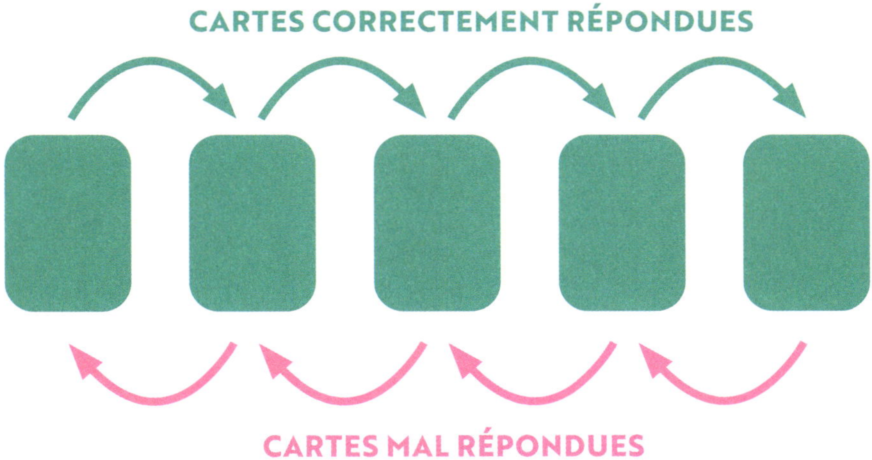
CARTES CORRECTEMENT RÉPONDUES
CARTES MAL RÉPONDUES

Le système Leitner est assez simple à comprendre.

Fabrique (ou réemploie) trois, quatre ou cinq boîtes, où tu vas ranger tes flashcards selon la difficulté de ce que tu as à apprendre. Plus tu auras de boîtes, plus tu passeras du temps à réviser, donc privilégie un grand nombre de boîtes pour les points bloquants, mais contente-toi de trois boîtes pour les petites interros.

D'abord, toutes les cartes sont dans la première boîte ; c'est simple, tu t'auto-interroges. Si tu te trompes, tu places la carte derrière les autres ; si tu connais la réponse, tu la fais passer dans la boîte numéro 2. Tu dois continuer de t'auto-interroger en consultant les cartes de la première boîte jusqu'à toutes les faire passer au niveau supérieur.

Une fois qu'elles sont toutes dans la boîte numéro 2, tu recommences jusqu'à ce que tu remplisses la boîte numéro 3, et ainsi de suite jusqu'à la dernière de tes boîtes.

En appliquant cette méthode, tu visualises très bien ce que tu sais et ce que tu ne sais pas, et tu repasses naturellement sur les notions où tu es en difficulté.

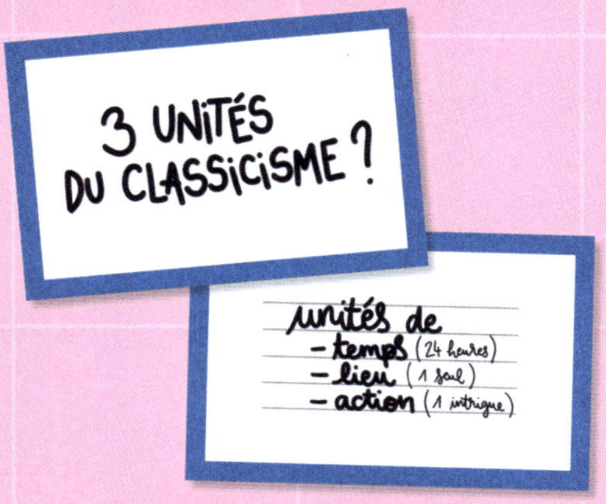
3 UNITÉS DU CLASSICISME ?
unités de
- temps (24 heures)
- lieu (1 seul)
- action (1 intrigue)

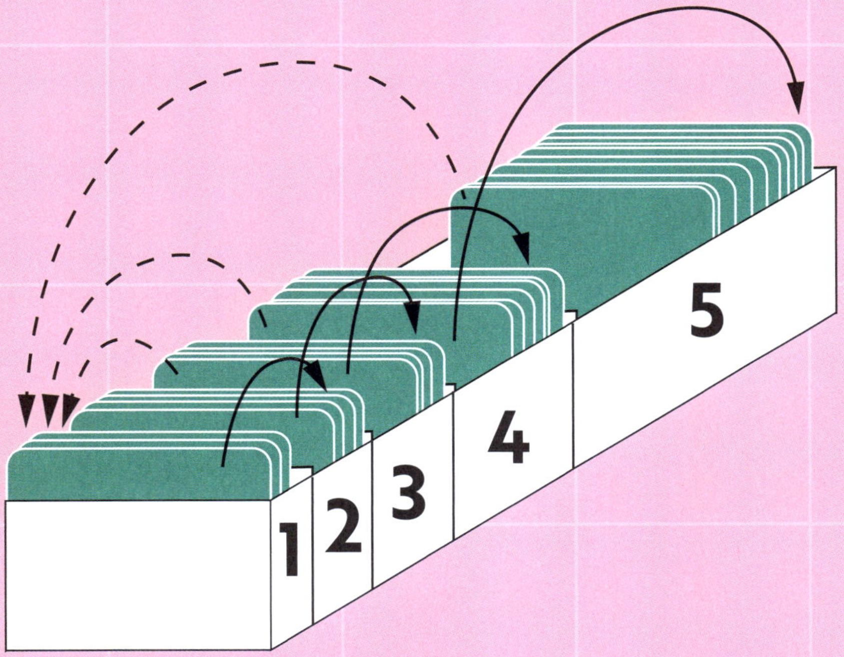
1
2
3
4
5

2 Améliore le système Leitner : la répétition espacée de Ebbinghaus

« Pour se souvenir, il faut presque oublier. »

Attention, je m'apprête à te dévoiler une méthode qui va te permettre de **graver des notions dans ta mémoire pour la vie**, mais qui demande beaucoup de rigueur. Ce n'est pas forcément une méthode qu'il faut appliquer tout le temps. Pour les petits contrôles et les examens, la méthode classique fonctionne très bien. Pour des matières dont tu auras besoin toute ta vie, ou dont tu veux vraiment te servir plus tard, une langue vivante, ce que je vais t'apprendre va t'être utile.

Ceci est une version améliorée de deux méthodes, un hybride entre la méthode des boîtes de Leitner et la théorie de la répétition espacée de Ebbinghaus.

C'EST QUI ?

En 1885, Hermann Ebbinghaus a fait une expérience scientifique sur lui-même. Le psychologue allemand a retenu beaucoup de mots sans signification, a noté combien il en oubliait au fil du temps, et a découvert la « courbe de l'oubli ». Il a noté que la plupart de ce qu'on apprend est oublié dans les premières vingt-quatre heures, si on ne le pratique pas ou ne se le remémore pas régulièrement. Les philosophes ont réfléchi sur la mémoire pendant des milliers d'années, mais Ebbinghaus a été le premier à mener de vraies expériences à ce sujet. C'est pourquoi Hermann Ebbinghaus est considéré comme le premier à avoir étudié la mémoire.

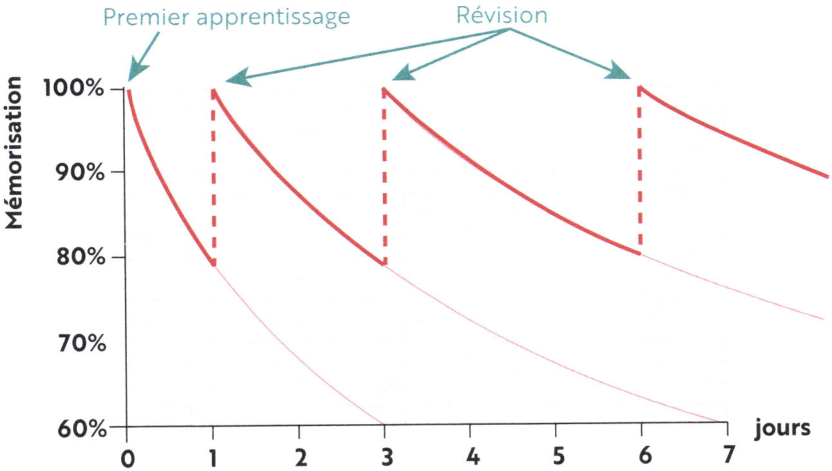
Premier apprentissage
Révision
Mémorisation
100%
90%
80%
70%
60%
0
1
2
3
4
5
6
7
jours

La répétition espacée, en deux mots, c'est répéter un fait à plusieurs reprises en espaçant les répétitions dans le temps.

La vitesse à laquelle un souvenir se détériore dépend de la personne et du souvenir lui-même. En général, plus tu te souviens activement d'un souvenir, moins il se détériore rapidement. Cependant, si tu ne pratiques pas régulièrement, tes compétences diminuent. Un rappel aide un peu à se souvenir, mais à long terme, la mémoire diminue rapidement et un seul rappel ne fait pas de différence. **Pour se souvenir, il faut presque oublier**.

Pour comprendre, prends l'exemple de la musculation. Tu ne gagnes rien en utilisant un poids trop léger ou un poids trop lourd, il faut que tu travailles avec le juste poids, celui qui permettra à ton corps d'améliorer ses performances.

C'est la même chose pour l'entraînement du cerveau. Tu as besoin d'un défi intéressant : le juste milieu entre facile et difficile. **Pour mieux te souvenir de quelque chose, essaie de te le rappeler juste avant de l'oublier.**

La meilleure façon de réviser est de le faire régulièrement, mais il est aussi important d'**augmenter les temps de pause**, car lorsque tu révises à intervalles réguliers, la dégradation de la mémoire ralentit, ce qui signifie que tu auras besoin de plus de temps pour oublier et revenir à la phase de révision suivante.

Pour cela, utilise la méthode Leitner que tu as découvert précédemment, avec cinq boîtes. Comme dans la méthode classique, toutes les nouvelles cartes sont rangées dans la première.

Mais ici, on va combiner la méthode Leitner à la répétition espacée. Ce qui va changer, et qui va devenir méthodique, c'est le moment où tu révises les cartes. C'est assez simple, tu révises :

- le niveau 1 **chaque jour** ;
- le niveau 2 **tous les 2 jours** ;
- le niveau 3 **tous les 4 jours** ;
- le niveau 4 **tous les 8 jours** ;
- le niveau 5 **tous les 16 jours**.

Tu augmentes le nombre de jours entre les révisions à chaque niveau en doublant la durée des pauses pour suivre la théorie de la courbe de l'oubli (pour retenir, il faut se rappeler quand on est sur le point d'oublier).

Tu révises dans l'ordre décroissant, en commençant par le niveau le plus élevé du jour (il faut faire un rétroplanning pour savoir à quels intervalles réviser quoi (voir page 158)

À la fin de chaque session quotidienne de répétition espacée, assure-toi de ne laisser aucune carte au premier niveau. Continue à faire des tests jusqu'à ce que tu réussisses tout et que toutes les cartes soient toutes au moins au niveau 2.

Chaque jour, **une révision dure entre 20 et 30 minutes**. Au lieu de regarder un épisode de ta série préférée, tu peux jouer aux cartes et apprendre ce que tu veux pour toujours. Les habitudes sont difficiles à changer. Si tu vises trop haut, tu risques d'échouer. En avançant progressivement, tu peux améliorer tes capacités petit à petit. C'est pourquoi je suggère de **commencer en ajoutant cinq cartes chaque jour**. Après en avoir pris l'habitude, tu pourras créer plus de dix nouvelles flashcards chaque jour.

Malgré tout, attention ! La mémoire n'est pas une bibliothèque où l'on peut stocker des livres et des informations qui n'ont aucun sens. La répétition espacée ne fonctionnera pas si tes flashcards paraissent confuses, sans lien ni signification. La mémoire est comme un puzzle avec plein de petites pièces reliées les unes aux autres. Ce qui est important pour les neurones, c'est qu'ils soient connectés les uns aux autres, pas uniquement d'être nombreux.

Pour bien utiliser la **répétition espacée**, il est important de créer des cartes simples, liées entre elles et qui ont du sens.

Tu as maintenant toutes les cartes en main pour déchirer !

Faire ses devoirs sérieusement

« Le travail scolaire reste à l'école, et la maison à la maison. »

CONSEIL

Cela peut paraître bateau, mais pour assurer au bac, il faut faire ses devoirs sérieusement tout au long de l'année.

Ne me fais pas dire ce que je n'ai pas dit, je ne te demande pas de passer quatre heures par jour et tous tes week-ends à travailler, bien au contraire. L'objectif est simplement de **ne pas te laisser dépasser.**

Les devoirs sont souvent vus comme une punition (il est vrai que parfois...). Pourtant, c'est *le* moyen de voir si tu maîtrises bien les notions étudiées durant le cours. Si toute l'année tu vérifies quasi quotidiennement que tu es à jour, le bac ne sera qu'une partie de rigolade (et de plaisir).

Or pour ça, il n'y a pas de secret : **il faut t'organiser.**

Je le sais, je l'ai vécu aussi, et pour être honnête, je le vis toujours dans mes études de com' : souvent la paresse ou le manque d'envie prennent le dessus et nous nous laissons gagner (facilement...) par la procrastination. On remet au lendemain, puis au surlendemain et, à la fin, on ne fait rien.

Pour ne pas te laisser dépasser, il faut te « débarrasser » de tes devoirs dès qu'ils ont été donnés. Même s'ils sont pour la semaine prochaine, fais-les le plus tôt possible en prenant le temps de bien les faire.

Je ne vais pas te mentir et te faire croire que je suis une bête de productivité. Faire mes devoirs en rentrant le soir, alors que ma seule envie était de déconnecter de l'école, je n'y arrivais pas.

Mais, encore une fois, **j'ai trouvé un stratagème**.

1 Fais tes devoir à l'école

J'ai établi dans mon esprit une règle claire en associant des actions aux lieux que je fréquentais. C'est-à-dire que tous les motifs de distraction que j'ai à la maison, comme mon smartphone et les réseaux sociaux, je les mets à distance totalement (ou le plus possible) lorsque que je suis dans mon école de com' (et je faisais pareil au lycée). Ce qui arrive souvent d'ailleurs, c'est que je règle mon téléphone en mode avion et que je le range dans mon sac dès que je passe le portail de mon établissement.

De la même manière, je veillais à ne pas apporter mes devoirs à la maison et les faisais exclusivement au lycée. Comment ? Eh bien tout simplement grâce aux merveilleuses **« heures de permanence »**.

Lorsque je commençais à 9 h, je venais à 8 h.

Lorsque je finissais à 13 h, je restais jusqu'à 15 h.

Lorsque j'avais un trou d'une heure dans mon emploi du temps, j'en profitais pour travailler (et pour papoter un peu, c'est vrai...).

Selon moi, il est réellement important d'optimiser son temps de cette manière. Viens plus tôt au lycée et motive-toi. En plus, lorsque je ne disposais que d'une heure avant le premier cours j'étais souvent très productive. Et même s'il m'arrivait régulièrement de faire mes devoirs en retard car je faisais le matin à huit heures ceux de l'après-midi, au moins étaient-ils **faits et frais dans ma tête**. Je n'ai jamais aussi bien travaillé qu'en permanence et à la cafétéria du lycée. En soi, c'est notre lieu de travail, c'est donc bien de le considérer comme tel. Il y a souvent trop de sujets de distraction dans notre chambre, sans compter que, pour certains d'entre nous, la maison n'est pas un excellent cadre de travail… Au lycée, on peut s'isoler et super bien travailler.

Ainsi, tu peux faire tes devoirs quasi uniquement au lycée.

Cela étant, il y a bien sûr des exceptions, des moments où l'on n'a pas trop le choix et où certains devoirs et travaux doivent se faire à la maison.

Pour ceux-là, il faut créer un environnement de travail sain.

Je ne suis pas de la *team* à te dire qu'il faut absolument t'installer à un bureau épuré et bien rangé, car j'ai passé ma scolarité à faire mes devoirs sur mon lit, par terre ou sur une table basse et ça a fonctionné. Tout ne réside pas dans ton installation, le point crucial ce sont les distractions. La distraction majeure, celle qui nous fait perdre des heures de vie chaque jour, il n'y a pas de secret, nous l'avons tous dans notre poche, c'est le téléphone.

2 Passe ton téléphone en mode muet et cache-le

S'il est dans ton champ de vision, c'est fichu. Une notification et tu sautes dessus.

Je veille toujours à ce que mon téléphone soit hors de ma vue, et sur muet. Lorsque je dois vraiment travailler je le pose dans une autre pièce. Je fonctionne beaucoup à la récompense, donc ce que je faisais souvent, c'est que je le posais sur un meuble de cuisine et, lorsque j'avais fini la tâche que j'avais à faire, mais seulement lorsque je l'avais finie, je m'autorisais à prendre un goûter et à récupérer mon téléphone. C'est quelque peu extrême, je te l'accorde.

Sinon, il y a une autre solution pour ne pas être tenté d'utiliser ton téléphone... à mauvais escient.

3 Ton téléphone, « occupe-le »

Il existe des **vidéos de révisions**, que tu peux trouver sur YouTube, dans lesquelles tu vois quelqu'un travailler, en musique ou non, une heure, deux heures, trois heures... Avec ou sans pause. Certaines utilisent la méthode Pomodoro (voir page 170). Il y en a pour tous les goûts et tu en trouveras forcément une qui te plaît. L'objectif est de te motiver car tu vois quelqu'un travailler, tu suis son rythme, en prenant les mêmes pauses. Surtout, ton smartphone est « occupé ». Tu ne peux donc pas surfer en même temps.

Le ***time lapse*** est une méthode qui me motive vraiment (peut-être parce que j'aime particulièrement être sous les feux de la rampe !). L'idée est de **te filmer**. Parfois, je faisais des *lives* sur les réseaux sociaux pour sentir la pression de regards extérieurs, qui pouvaient vérifier que je travaillais bel et bien. Ce que je te propose, c'est de te filmer en accéléré.

D'abord, cela va « occuper » ton téléphone ; surtout :
- cela va te donner l'impression d'être surveillé, tu vas donc travailler ;
- après avoir fini, tu pourras regarder la vidéo et être fier d'avoir tenu bon.

Ces conseils peuvent paraître ridicules, mais sincèrement cela fonctionne et supprime réellement toute tentation.

Diversifier ses sources d'information

« On ne peut pas prétendre savoir lorsque l'on n'entend qu'un seul côté. »

Il est primordial de **diversifier tes sources d'information**.

J'ai un souvenir de 5e ancré dans la mémoire. Nous étions en cours de d'EMC et nous parlions des médias et des bulles informationnelles. Le prof nous a dit quelque chose qui résonne encore en moi : « On ne peut pas prétendre savoir lorsque l'on n'entend qu'un seul côté. » Et ça, cela s'applique tout le temps. Il nous a dit à l'époque qu'il fallait absolument se renseigner via différents médias aux orientations différentes. Cela concerne aussi ta vie sociale (lorsqu'il y a une dispute, il faut connaître les versions des différents protagonistes pour te faire un avis). Et tes apprentissages.

CONSEIL

Ne te contente pas de ton cours.
Ne te contente pas de ton manuel.
Ne te contente pas d'une vidéo YouTube.
Ne te contente pas d'un article.

Cours, manuel, journaux, livres, informations télévisées, documentaires... Consulte et cultive-toi. Eh oui, car l'exemple qu'utilisera ton prof ne sera peut-être pas différent de celui qui est donné dans cet article. Peut-être que ce schéma que tu ne comprends pas dans ton manuel sera expliqué de manière mnémotechnique dans cette vidéo YouTube. C'est comme la bulle de filtre, il faut diversifier tes sources d'information pour ne pas rester cantonné à une façon de voir les choses et de les expliquer. Car le risque, quand tu te contentes d'une seule source, c'est que tu ne comprennes pas réellement et que tu recraches bêtement ce que tu as entendu. Alors qu'en passant par différents chemins tu es obligé de comprendre et de maîtriser tous les itinéraires

Ainsi, en diversifiant tes sources d'information tu comprendras plus en profondeur et cela te permettra de développer une certaine appétence pour ce que tu es en train de réviser.

Par exemple, si tu regardes une vidéo YouTube qui aborde tel chapitre de ton programme d'histoire, tu voudras certainement approfondir le sujet en lisant un article ou un livre. Puis tu regarderas dans tes notes prises en cours pour voir les liens que tu peux faire et tu regarderas enfin le cours de ton manuel pour tout bien te remettre en tête. Cela crée un effet boule de neige en suscitant ta curiosité.

Ne pas délaisser les matières points faibles

Une bonne habitude à adopter pour ne pas se laisser dépasser, c'est de **garder un œil sur tes points faibles**. Nous avons tendance à privilégier le confort, c'est assez naturel, donc forcément, si tu es bon en philosophie mais que tu sens que tu as des difficultés en maths, tu vas plus facilement te concentrer sur la philo, davantage travailler cette matière car tu sais que tu as plus de chance d'y réussir. **Ne t'inquiète pas, nous sommes tous pareils**.

Or c'est vraiment une mauvaise habitude que de te focaliser uniquement sur tes points forts. En faisant cela, tu creuses l'écart et il sera difficile de remonter la pente en période de révisions d'examen.

Attention, je ne te dis pas non plus d'arrêter de travailler dès lors que tu maîtrises une matière. Disons qu'il faut moduler ton temps et le degré d'intensité de ton travail selon deux critères :

- l'importance (quel coefficient pour le bac),
- ton niveau (plus tu es faible, plus tu dois travailler dur).

Donc je te conseille de faire preuve, dès le début de l'année, de ténacité, et de **faire un bilan chaque semaine** des cours et des notes que tu as eus, et de te poser la question suivante : « Ok, où est-ce que je n'étais pas à l'aise cette semaine ? » Ainsi, tu prends le problème à bras-le-corps et tu peux éviter qu'il ne grossisse et ne devienne trop lourd à porter.

CONSEIL

Pour les matières dans lesquelles tu connais ton niveau et tu sais que tu as souvent du mal à comprendre tout de suite en classe, je te conseille de suivre la méthode de la classe inversée : lis le manuel avant le cours.

Si tu sais que, lors du prochain cours de maths, le prof va introduire la notion des probabilités, une technique qui peux t'aider est de lire la veille au soir dans ton manuel le chapitre en question et de regarder une vidéo YouTube qui l'explique. Ainsi, ton cerveau aura déjà eu un aperçu du sujet et quand ton prof introduira le chapitre le lendemain, tu ne seras pas totalement perdu. Attention, l'idée n'est pas de te donner deux fois plus de travail à faire, mais uniquement de t'aider à suivre plus facilement quand tu es en cours (ça ne te dispense pas du tout d'écouter).

S'informer des modalités de l'examen

Tu ne peux pas prétendre réviser un examen sans savoir en quoi il consiste. Cela paraît logique, pourtant énormément de lycéens ne le font pas.

Alors vraiment, **informe-toi des modalités** de tes épreuves.

J'ai détaillé au début du livre les points du bac et les épreuves communes. Renseigne-toi sur les épreuves de spécialités et tes épreuves optionnelles. Pour ça, n'hésite pas à demander à tes professeurs de l'expliquer en classe pour que tous en profitent. Sinon, fais un tour sur le site du ministère de l'Éducation nationale qui présente le programme à réviser et le détail pour chaque épreuve.

Penser à soi, veiller à sa santé mentale

CONSEIL

S'il y a bien quelque chose de crucial pour réussir une année scolaire, c'est **de ne peut pas trop penser au lycée.**

Le lycée fait partie intégrante de ta vie, oui, mais il ne faut pas que toutes tes pensées tournent autour, sinon cela peut impacter ton mental de manière négative.

Il faut que tu prennes soin de toi et de ta santé mentale.

1 Préserve ton sommeil

À notre âge, nous avons tendance à le sous-estimer. Pourtant, il joue un rôle crucial dans la régulation de nombreux processus physiologiques et psychologiques **essentiels à notre santé et à notre bien-être**. Veille à avoir tes 8 h de sommeil chaque nuit (à la limite, j'accepte 7 h 30). Durant mes années de lycée, c'était ma règle d'or : assurer chaque nuit mes 8 heures de sommeil et ranger mon téléphone pendant mes révisions.

J'en ai déjà parlé plus tôt, mais pour ton bien, **éloigne-toi de ton téléphone**. Il ne faut pas que cela soit la dernière chose que tu voies avant de t'endormir et la première lorsque tu te réveilles. Personnellement j'ai pris l'habitude de laisser la nuit mon téléphone dans le salon pour être sûre de ne pas faillir à cette règle. Pour optimiser ton sommeil, l'idéal serait de lire quelques pages d'un livre juste avant de dormir pour reposer ton cerveau de la lumière bleue et créer une routine pour t'endormir plus facilement.

2 Change-toi les idées

Trouve-toi une activité, une passion, un sport. Quelque chose qui te fait **te sentir toi-même**, qui permet de te changer les idées. En groupe ou seul, tout dépend de toi. Pendant toute ma scolarité, j'ai pratiqué le basket en club, plusieurs fois par semaine, et je suis persuadée que cela m'a fait beaucoup de bien. Ça me permettait de me défouler, de penser à autre chose : comme le dit le proverbe, « un esprit sain dans un corps sain ». Tu peux, par exemple, te tourner vers l'association sportive de ton lycée ; elle propose généralement plusieurs activités et cela te permet de te faire des connaissances en dehors de ta classe. Faire partie durant trois ans de l'association m'a permis de trouver le lycée cool et de ne pas le voir uniquement comme une corvée, car j'associais à ce lieu des tournois, des événements, des fêtes et d'autres sorties stimulantes.

3 Dédramatise le lycée

Oui, le lycée c'est important, mais cela ne doit pas pour autant te casser le moral. Quand j'étais lycéenne, j'ai pu remarquer que beaucoup d'élèves se mettaient une pression monstre sur le sujet des notes et étaient prêts à faire tout et n'importe quoi pour les améliorer. Pas dans le but d'améliorer leur niveau, non, simplement pour voir augmenter les chiffres écrits sur leur bulletin. Une grande majorité préférait tricher ou quémander quelques points aux professeurs plutôt que de s'instruire : **ce n'est pas une solution**. C'est même la pire des solutions car tu stresses énormément en songeant aux notes que tu vas obtenir et tu dépenses ton énergie à autre chose qu'à apprendre. Cela t'enferme dans un cercle vicieux. Dédramatise la vision que tu as des notes. Elles ne te définissent pas et ce n'est pas parce que tu as eu un 7 dans une matière que tu es une mauvaise personne. Non, essaie de voir sur quels points tu peux t'améliorer et va demander à ton prof comment tu pourrais faire pour atteindre un 12, pas à pas.

4 Choisis bien tes fréquentations

Bon, je n'écris pas un livre de sociologie ou de développement personnel, mais ce conseil est important car il peut conditionner la manière dont tu vis ton lycée. **Nous sommes la moyenne des cinq personnes que nous côtoyons le plus**, pour rependre un adage de Jim Rohn, un écrivain américain, donc entoure-toi bien. Ne te force pas à rester ami avec des personnes qui ne partagent pas du tout tes valeurs, qui te dévalorisent ou te tirent vers le bas.

5 Dernière chose : amuse-toi !

Profite de tes années de lycée. C'est en voyant le lycée comme un jeu que cela fonctionnera le mieux. Toujours dans le respect des autres et des adultes, crée du lien avec les profs et tes camarades. Surtout, cela peut paraître bête, pense à rigoler !

Le rire est une des émotions les plus intenses et te permet de **te créer des souvenirs durables**. Ris avec tes amis, ris avec tes profs, créez-vous des références communes qui concernent les cours, les dates… Tout moyen mnémotechnique est bon à prendre.

Ce n'est pas très glorieux mais, avec mon meilleur ami, en cours de physique-chimie, nous devions connaître la formule de la loi d'Ohm, qui est « U = R = i », et je ne sais trop comment, nous avons commencé à pouffer en songeant à un moyen mnémotechnique pour retenir la formule : « Oh oui, que font les Ohm [hommes] ? Ils URInent. » C'est bête, hein ? très bête même… mais **ça fonctionne**.

Je te révèle cette anecdote parce que nous sommes entre nous. Les délires entre amis peuvent rester cachés, encore faut-il en avoir ! C'est réellement utile, **un souvenir joyeux commun permet d'imprimer durablement une information**.

Un mois avant

(de J-30 à J-2)

Ça y est, le bac approche. Dans un mois, c'est la date fatidique. C'est le moment où l'idée de passer l'examen se concrétise réellement. Il est donc temps de passer à la vitesse supérieure.

CONSEIL

L'important est de trouver ce qui fonctionne pour toi. Que tu choisisses de réviser seul ou en groupe, reste à l'écoute de tes besoins et de tes préférences.

Teste différentes méthodes, et n'hésite pas à ajuster ton approche si tu ne te sens pas à l'aise ou si tu ne progresses pas comme tu le souhaites. Dans tous les cas, l'essentiel est de rester motivé et de garder une attitude positive face à l'apprentissage.

Faire un bilan

**« Certes, on n'est pas élu sur un bilan,
mais si le bilan est mauvais, on ne gagne pas. »**

CONSEIL

À cette date, selon les personnes et selon les matières, il y aura plusieurs cas de figure. Donc trente jours avant l'examen, la première chose que je te conseille de faire, c'est un **bilan** pour déterminer où tu en es.

L'examen approche, tu dois te poser quelques questions.

- **Est-ce que j'ai bien travaillé tout au long de l'année ?**
  ➔ Si c'est non, il va falloir te donner à 200 %.
  ➔ Si c'est oui, continue sur ta lancée mais tu peux te détendre un peu.

- **Est-ce qu'il me manque des cours ?**
  ➔ Si c'est oui, dépêche-toi d'aller les demander aux Mathilde de ta classe !

- **Est-ce que mes fiches sont déjà prêtes ?**
  ➔ Si c'est non, pas de panique, tu es encore dans les temps.

- **Est-ce que je suis stressé par l'examen ?**
  ➔ Si c'est non, il va quand même falloir prendre conscience que l'échéance approche.
  ➔ Si c'est oui, prends confiance en toi. Il ne faut pas transformer cela en mauvais stress.

Bref, tu comprends le but de ces questions : l'objectif est que tu sois lucide sur l'état de tes révisions et sur la manière avec laquelle tu les appréhendes.

D'ailleurs, pour appréhender un examen et garder le contrôle sur tes révisions, il n'y a pas de secret. La première chose à faire est de mettre en place un rétroplanning.

Faire un rétroplanning

**« Ce qui est important est rarement urgent,
et ce qui est urgent est rarement important. »**
Dwight D. Eisenhower

Faire un rétroplanning, c'est organiser ton agenda en partant de la date de l'examen pour revenir à la date du jour. Il te permettra de prendre conscience du temps qu'il te reste, soit du nombre de week-ends et de semaines pendant lesquelles tu pourras te concentrer sur tes révisions.

ÇA SE FAIT !

La planification de projet a toujours été essentielle pour la réalisation de grandes entreprises, qu'il s'agisse de la construction des pyramides d'Égypte ou de la Grande Muraille de Chine. Cependant, c'est au XXe siècle, face à des projets de plus en plus complexes comme le programme Apollo de la NASA, que le concept de rétroplanning a vu le jour. En particulier dans le domaine de l'informatique, l'importance du rétroplanning a gagné en reconnaissance lors de la conception du réseau Internet mondial dans les années 1990. Alors pourquoi pas pour le bac ?

Le rétroplanning t'aide à **visualiser ta charge de travail** et à te fixer des objectifs clairs. En décomposant le temps qu'il te reste, tu évites le stress de la dernière minute et tu as une meilleure idée de ce que tu dois accomplir chaque jour.

Voici les différentes étapes que j'utilise pour construire un rétroplanning :

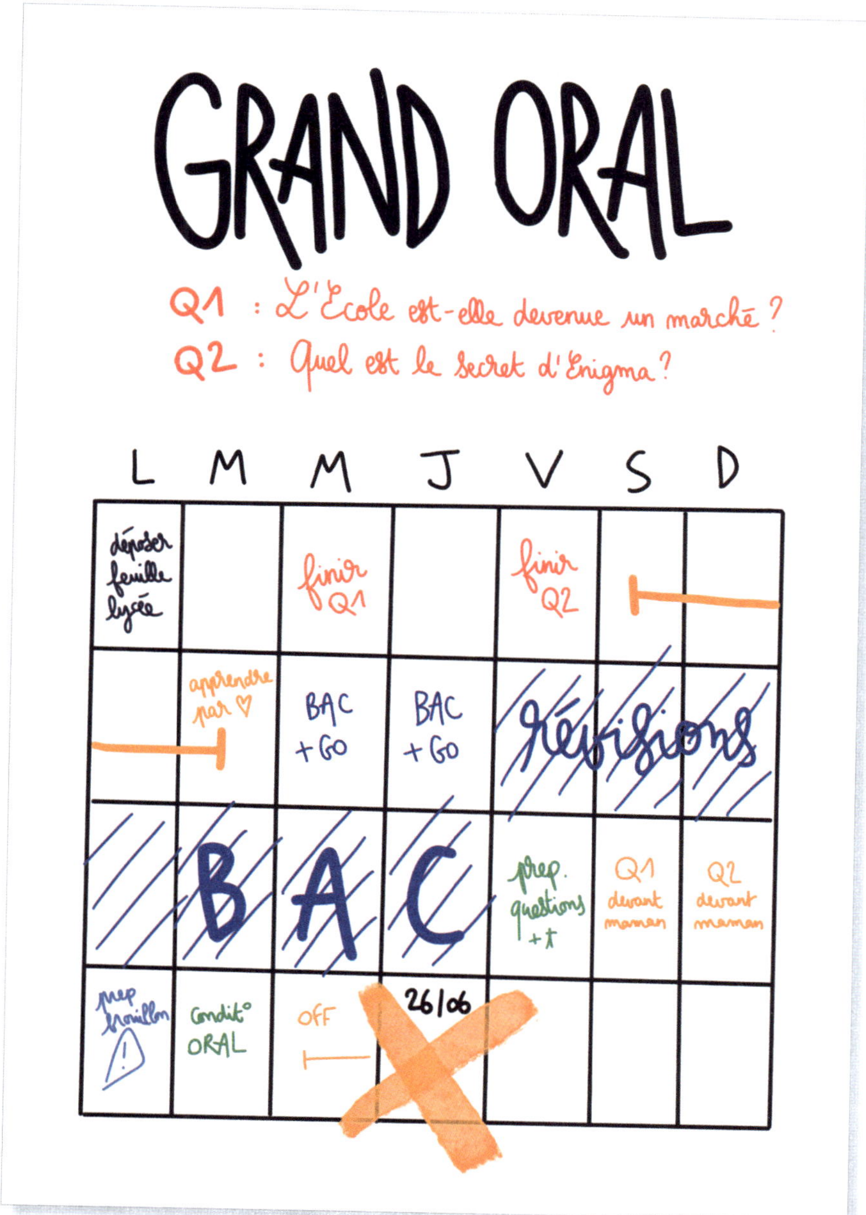

1 Définis la date de ton examen

Commence par noter la date de ton examen sur un calendrier. Fais-la ressortir en gros, c'est ta ligne d'arrivée. Une fois que tu l'as en tête, regarde combien de semaines et de jours il te reste avant le jour J.

2 Segmente le temps en périodes de révisions

Utilise des blocs de temps pour organiser tes révisions.

Par exemple, si tu as quatre semaines avant l'examen, divise ton temps comme suit :

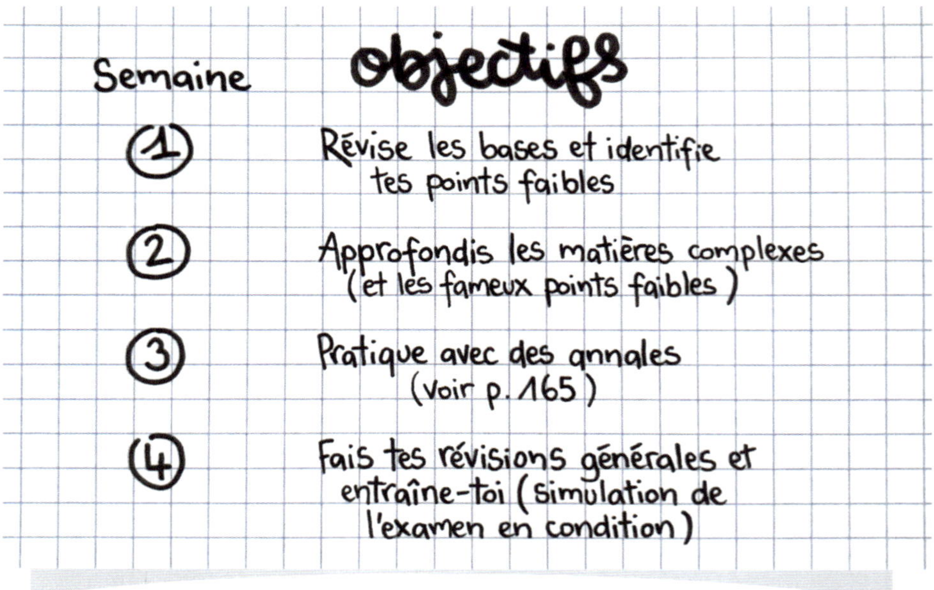

3 Gère astucieusement ton temps

« Le travail s'étend de manière à remplir le temps disponible pour son achèvement. »
C. Northcote Parkinson

Si tu te laisses trop de temps pour réviser, tu risques de procrastiner et de ne pas être aussi efficace que prévu. Même si le devoir t'est donné un mois à l'avance, tu te retrouveras toujours à le faire en vitesse et dans la panique la veille au soir.

On en a tous déjà fait l'expérience. C'est ce que l'on appelle la **loi de Parkinson**.

C'EST QUI ?

Cyrill Northcote Parkinson (1909-1993) est un historien et auteur britannique, qui a publié en 1955 un essai humoristique, *Les Lois de Parkinson*, dans lequel il fait la satire de l'administration publique.

Oui, cette loi est réelle, il faut donc la contrer. **Fixe-toi des délais réalistes**, mais stricts, pour chaque tâche de ton rétroplanning. Par exemple, accorde-toi une semaine pour une matière plutôt que deux. Cela t'obligera à rester concentré et à maximiser l'efficacité de tes révisions.

4 Intègre des pauses et des moments de loisir

Un rétroplanning ne doit pas être qu'une liste de révisions. Il doit aussi inclure des **moments de détente**. Pour rester motivé et éviter le *burn out*, programme des pauses régulières, des activités qui te plaisent et des moments de loisir.

Par exemple, après une semaine de révisions intensives, offre-toi un week-end de repos ou un temps pour sortir avec des amis ou ta famille. Cela t'aidera à recharger tes batteries et à aborder tes révisions avec une énergie renouvelée.

5 Ajuste ton rétroplanning

Enfin, **sois flexible**. Si tu vois que certaines matières te prennent plus de temps que prévu, n'hésite pas à ajuster ton rétroplanning. L'important, c'est de rester sur la bonne voie et d'apprendre à gérer ton temps de manière proactive.

Faire un rétroplanning est une méthode simple mais très efficace pour gérer ton temps de révision. En te fixant des objectifs clairs et en respectant la loi de Parkinson, tu vas te rendre compte que tu peux être à la fois organisé et détendu face à tes révisions. Alors, prends ton calendrier, commence à planifier et surtout… amuse-toi à le faire.

Rassembler et trier ses cours

La chose à faire à un mois de tes examens, **c'est du tri**. Rassembler tous tes cours et les trier, c'est en réalité la première chose à inscrire dans ton rétroplanning.

Récupère *tous* tes cours, tes fiches et autres documents qui t'ont servi dans l'année, et trie-les. L'idée est d'avoir tous les éléments pour réviser.

CONSEIL

Visite le site du ministère de l'Éducation nationale pour t'assurer des notions qui sont au programme de chaque épreuve (certaines fois, cela change selon les années et selon les matières).

- Programme à réviser

- Détail pour chaque épreuve

Adopte une démarche simple : en faisant le tri dans tes documents, écris les choses à savoir sur une feuille et vérifie bien que, pour chaque chapitre, œuvre ou notion à savoir, tu as le cours associé. Cela te permettra à la fin de voir ce que tu as et ce qui te manque. Ainsi, le plus tôt possible, tu pourras demander à tes profs ou à ta classe (à une Mathilde) les différentes choses dont tu as besoin.

Uniformiser ses cours

Pour faciliter ton apprentissage durant ce mois de révision, l'idéal est **d'uniformiser tes cours**.

Si tu as suivi mon conseil et réalisé des fiches ou des cartes mentales pour tous tes cours au début de l'année, c'est parfait, tu as quasiment fait tout le travail. Peut-être t'en manque-t-il quelques-unes ? Il ne te reste plus qu'à les rédiger, ce sera rapide.

En revanche, si tu n'as rien fait du tout, pas de panique ! tu as encore le temps. Deux options s'offrent à toi.

1 Fais des fiches pour chaque chapitre

C'est la méthode la plus classique mais, si tu n'as jamais fait de fiche de ta vie, cela peut être compliqué de les faire rapidement et de manière qu'elles soient efficaces (voir page 44).

2 Force-toi à résumer chaque chapitre en une ou deux pages

Ici, l'idée est d'écrire **uniquement l'essentiel**. Je te conseille de te contenter d'une page recto verso par chapitre mais je sais que certaines spécialités ont des chapitres assez longs. Pour eux, tu peux faire plus.

Je te conseille aussi de les faire sur ordinateur pour qu'elles soient propres et uniformes, ou, sinon, sur une page blanche. Personnellement, j'ai fait ça pour l'histoire et la philosophie. Ce que tu peux faire également est de mêler aux notes prises lors des cours des infos complémentaires, du manuel et trouvées ailleurs.

CONSEIL POUR TOUTE TA VIE

Attention à toujours vérifier la véracité d'une information !

Faire une « feuille de révision » efficace

Sur une **fiche de révision**, tu résumes un chapitre, une leçon. C'est un condensé de cours. Tu aurais pu en rédiger dès le collège ; tu en rédigeras à l'université. Tu pourras la donner éventuellement à tes frères et sœurs plus jeunes.

La **feuille de révision**, elle, tu vas la composer spécialement pour un moment, pour un contrôle, pour un examen. Elle est difficilement réutilisable. Elle doit être adaptée aux types de questions qui te seront posées lors de l'évaluation.

Par exemple, pour une leçon d'histoire, là où la fiche de révision explique les tenants et les aboutissants de tel événement (l'impact de la crise de 1929, par exemple) en suivant un raisonnement qui pourrait être celui de ton manuel scolaire, la « feuille de révision » que tu établis en amont d'une dissertation comporte une partie avec les infos que tu peux réutiliser pour l'introduction avec un ou deux exemples d'ouverture, et les différents axes que tu peux aborder sous forme d'arguments... C'est en soit une feuille qui a difficilement un sens lorsqu'on la décorrèle du contrôle, mais qui va vraiment t'aider pour tes révisions.

Sur une « feuille de révision » efficace, doivent apparaître plusieurs éléments.

1 Note les infos essentielles

Par exemple, en histoire, tu dois retrouver sur chaque « feuille de révision » le nom des grands acteurs de l'événement (Mussolini, Guy Mollet...) les lieux, les dates, les antagonismes (Alliés *vs* Axe, bloc de l'Est *vs* bloc de l'Ouest, De Gaulle *vs* Pétain...), les éléments déclencheurs, le déroulé des événements et leurs conséquences.

Associe à chacun de ces items un code couleur (par exemple, le rouge pour les noms propres) afin de te repérer et d'enregistrer visuellement les infos.

L'idée est que tu te dessines une trame pour chaque matière pour qu'en un coup d'œil, tu puisses voir apparaître les grands axes de chacun de tes chapitres.

2 Rappelle le plan du cours

Insérer le plan du cours lorsqu'il y en a un est très utile, car il peut potentiellement être réutilisé en réponse à une problématique lors de l'examen. Souvent, des parties ou des sous-parties peuvent et doivent être mobilisées.

CONSEILS

- Ne surcharge pas ta « feuille de révision », n'hésite pas à utiliser des abréviations (voir page 40). L'essentiel est que **tu te comprennes** et que cela **te serve**.
- Tu vas trouver que je radote mais c'est extrêmement important : à un mois de l'examen, tu dois absolument savoir ce qui t'attend à l'épreuve (voir pages 150 et 195).

Travailler à partir d'annales

Je ne cesserai jamais de vendre cette méthode car s'il n'y en avait qu'une seule à garder, ce serait celle-ci. C'est un excellent moyen de s'entraîner. Récupère les sujets officiels des années précédentes, mais aussi ceux des bacs blancs qui sont organisés dans ton lycée et fais-les. Cela te permettra de t'entraîner et de de tester tes connaissances. En plus, cela te donnera une idée juste de ce à quoi tu dois t'attendre. Si, au cours de tes révisions, tu te contentes d'apprendre ton cours et de faire les exercices de base, eh bien oui, tu auras peut-être les connaissances, mais tu n'auras aucune idée de comment les mobiliser. Pour trouver des annales de qualité, je te conseille de te rendre sur le site Internet d'éduscol.

Maîtriser la méthode

Que tu ne maîtrises pas encore tout ce que tu dois connaître pour l'épreuve ou même que tu sentes que tu n'arriveras jamais à tout apprendre, c'est normal. Très peu de personnes arrivent à l'examen en sachant parfaitement le moindre détail du programme sur le bout des doigts (même si dans l'idéal, c'est la meilleure chose à faire).

Quoi qu'il en soit, s'il y a bien une chose sans laquelle tes connaissances ne valent rien, c'est la méthode. Même si tu ne connais pas trop ton cours, tu dois **maîtriser la méthode à la perfection** : pour ça, tu te renseignes et tu t'entraînes.

Aussi, ce qui peut être vraiment efficace à un mois de l'examen, c'est d'**aller voir ton ou ta prof** et de lui demander quelles sont tes lacunes sur la méthode et quels sont les points sur lesquels tu dois t'améliorer. Parfois, le problème est que lorsque l'on obtient, par exemple, 14/20 à un devoir, nous sommes contents mais nous disons que si nous avions davantage révisé, nous aurions eu une meilleure note. Pourtant, c'est rarement le cas. Il faut te forcer à chercher plus loin car tes axes d'amélioration sont souvent liés à la méthode elle-même. Par exemple, si dans l'introduction tu as mal amené la problématique, la transition manquera de sens et le reste risque d'être tout aussi confus.

Donc demande de l'aide directement à tes professeurs dans les différentes matières. Comme ça, tu sauras comment améliorer tes devoirs. (S'ils te disent que ta maîtrise des devoirs est irréprochable, tu n'auras plus qu'à réviser à fond.)

Travailler en groupe ou solo ?

Voici une question qui revient souvent quand il s'agit de révisions : faut-il travailler en groupe ou en solo ? La réponse dépend vraiment de ton style d'apprentissage et de ce qui te motive le plus. Il n'y a pas de réponse universelle.

Travailler en solo peut être le meilleur choix pour ceux qui préfèrent une approche plus **autonome**, et c'est même essentiel à certains moments. Cela te permet de te plonger dans tes notes, à ton rythme, de te concentrer sans distraction et d'adapter ta méthode à tes besoins. Si tu es du genre à avoir besoin de solitude pour te concentrer, fonce.

Pour ce qui est des méthodes, je t'en donne plusieurs page 170 pour t'aider à gérer tes séances de travail.

D'un autre côté, **travailler en groupe** peut apporter une dimension sociale et collaborative à tes révisions. Discuter des sujets, échanger des idées et résoudre des problèmes ensemble peut rendre l'apprentissage plus dynamique et moins monotone.

Pense à former un petit groupe d'étude avec des amis qui ont des objectifs similaires aux tiens. Vous pouvez vous motiver mutuellement et même aborder des sujets que vous ne comprenez pas totalement. Mais pour que cela fonctionne et ne finisse pas en simple pause-café avec tes potes : **il vous faut un cadre**.

Quelques idées pour **maximiser les bénéfices du travail en groupe**

· Organisez des sessions thématiques

Choisissez un sujet précis à aborder lors de chaque séance. Par exemple, consacrez une heure à la philosophie et une autre à la littérature. Cela vous permettra d'avoir un cadre clair et de mieux gérer votre temps. Vous pouvez également échanger des questions d'examen pour tester vos connaissances.

· Faites des quiz

Transformez vos révisions en jeu. Créez des quiz sur des applications comme Kahoot! ou Quizlet. Cela rendra l'apprentissage ludique et compétitif (voir page 181).

· Jouez au professeur (voir page 132)

Chacun votre tour, expliquez des concepts à vos camarades. Enseigner à quelqu'un d'autre est une excellente façon de renforcer sa propre compréhension. Cela force à structurer ses idées et à répondre aux questions des autres, ce qui peut vraiment ancrer les connaissances durablement.

Personnellement, c'est la technique que j'ai appliquée toute ma vie. Elle sert à la fois à celui qui joue l'enseignant et à celui qui joue l'élève. Celui qui explique ancre la notion en l'explicitant et celui à qui on explique la comprend et l'intègre. Attention tout de même à ne pas passer ton temps à expliquer les notions de base à vos amis. Chacun doit prendre le temps de réviser par soi-même. Si l'un d'entre vous explique une notion, il faut qu'elle soit juste.

· Mélangez les styles d'apprentissage

Chacun a sa manière de comprendre les choses. Un membre du groupe pourrait exceller en mathématiques, tandis qu'un autre brillera en histoire. Utilisez les fiches, les flashcards, les quiz... En partageant vos connaissances respectives, vos fiches et vos livres, vous enrichirez tous votre compréhension.

Il n'y a pas de solution miracle, et tu peux même envisager de combiner les deux approches, solo et groupe. Par exemple, tu pourrais passer la semaine à réviser en solo, puis organiser une session de groupe le week-end pour tester tes connaissances et aborder les sujets que tu as du mal à comprendre.

Bien gérer les temps de travail et les pauses

La gestion des révisions est un point clé dans la préparation des examens. Savoir organiser son temps et ses séances de travail peut faire toute la différence entre stress inutile et préparation efficace. Voici quelques méthodes incontournables pour t'aider à gérer tes révisions comme un pro.

1 Suis la méthode Pomodoro

Cette méthode est une des techniques les plus populaires pour gérer son temps et maintenir sa concentration. L'idée est simple : travaille intensément pendant 25 minutes, puis prends une pause de 5 minutes. Après quatre cycles, tu peux t'accorder une pause plus longue de 15 à 30 minutes.

C'EST QUOI ?

La méthode Pomodoro est une technique de gestion du temps inventée à la fin des années 1980 par Francesco Cirillo, un développeur et entrepreneur italien. Son nom vient du mot italien *pomodoro*, qui signifie « tomate », en référence au minuteur de cuisine en forme de tomate que Cirillo utilisait lorsqu'il a développé cette méthode. Il était alors étudiant et cherchait une façon d'améliorer sa concentration et de lutter contre la procrastination. Il a commencé par utiliser un minuteur pour se concentrer pendant de courtes périodes et ainsi maximiser son efficacité.

Mode d'emploi

1. **Sélectionne une tâche**
   (décide quel sujet/matière tu vas réviser)
2. **Utilise un minuteur**
   (→ lance le compte à rebours de 25 min)
3. **Travaille sans interruption**
   (concentre toi uniquement sur ta tâche)
4. **Prends une pause**
   (lorsque le minuteur sonne, fais une pause de 5 min)

et on recommence !

La méthode Pomodoro

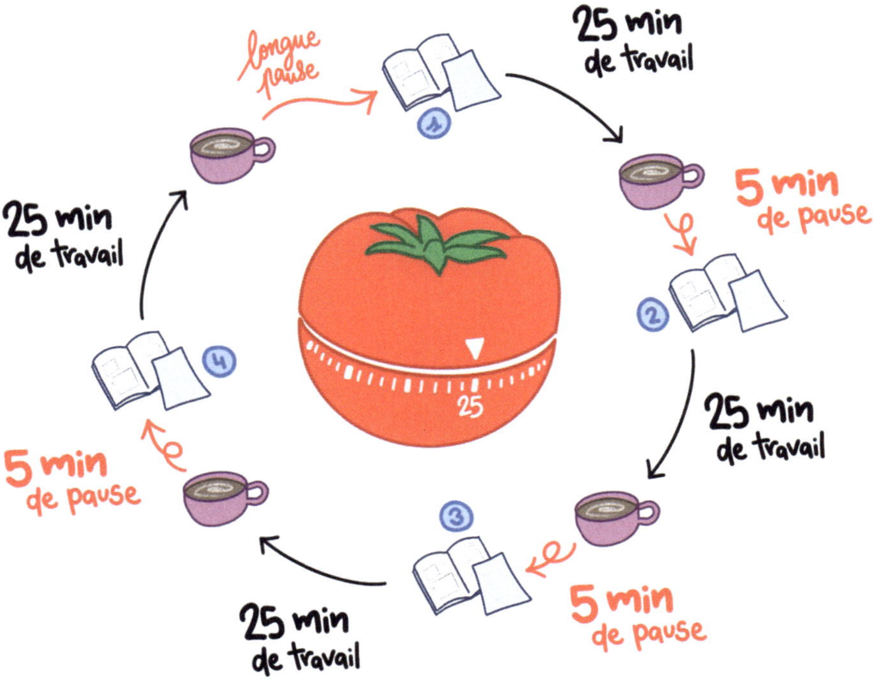

2 Essaie la méthode 57-17

C'est une variante intéressante de la méthode Pomodoro. L'idée ici est de travailler pendant 57 minutes, puis de prendre une pause de 17 minutes. Cela permet une immersion plus profonde dans le travail car 57 minutes sont souvent considérées comme une bonne durée pour se plonger dans une tâche sans interruption, tout en restant concentré.

C'EST QUOI ?

À l'origine, cette méthode est une approche spécifique de gestion de production, largement utilisée dans l'industrie, notamment dans les années 1950. Elle est liée à l'essor des principes de production en série et à la rationalisation des méthodes de travail dans la lignée du taylorisme et du fordisme, deux grands courants de la première moitié du xxe siècle.

17 min
de pause
57 min
focus

3 Aide-toi de la matrice d'Eisenhower

Cette méthode t'aide à prioriser tes tâches en fonction de leur urgence et de leur importance. Elle se divise en quatre quadrants intitulés :

- **« Urgent et important »** : ce que tu dois faire immédiatement ;
- « **Important, mais pas urgent »** : ce que tu peux planifier ;
- « **Urgent, mais pas important »** : ce que tu peux déléguer ou faire rapidement ;
- « **Ni urgent ni important » :** ce que tu peux éliminer ou faire plus tard.

C'EST QUOI ?

La matrice d'Eisenhower est attribuée à Dwight D. Eisenhower, le 34e président des États-Unis. Il était réputé pour son organisation et sa capacité à prendre des décisions sous pression. Une de ses citations les plus célèbres reflète la philosophie à l'origine de la matrice : « Ce qui est important est rarement urgent, et ce qui est urgent est rarement important. »

mode d'emploi

1. Liste ce que tu dois réviser
   (Note toutes tes tâches)
2. Répartis par quadrants
   (→ utilise un tableau ou des Post-it)
3. Agis par ordre de priorité
   (→ commence par le premier quadrant, puis avance dans l'ordre des aiguilles d'une montre ↩)

la matrice d'Eisenhower

IMPORTANCE

Planifier

- ◯ Contrôle de maths (après-demain)
- ◯ Exercices de physique (pour jeudi)
- ◯ Dissertation de philo (15 jours)

Faire

- ✓ Réviser le cours de maths
- ◯ Faire les exos de physique
- ✓ Finaliser fiches de révision anglais

À ne pas oublier

- ◯ Vérifier que j'ai bien récupéré les cours de SVT
- ◯ Consulter le site du ministère

En attente ou à déléguer

- ◯ Noter des idées pour plan philo
- ◯ Réviser la philo

URGENCE

4 Inspire-toi de la technique des objectifs SMART

Fixer des objectifs clairs et réalisables est essentiel pour garder la motivation et le cap. La méthode SMART t'aide à définir des objectifs spécifiques, mesurables, atteignables, réalistes et temporels.

C'EST QUOI ?

La technique des objectifs SMART a été formalisée pour la première fois en 1981 par George T. Doran, un consultant en management américain, dans un article intitulé « *There's a S.M.A.R.T way to write management's goals and objectives* », publié dans la *Management Review*. Dans cet article, Doran introduit l'idée que les objectifs doivent répondre à certains critères pour être efficaces et aider à la planification stratégique.

Mode d'emploi

Spécifique
→ L'objectif doit être simple et précis
exemple : "je dois relire le chapitre 2"

Mesurable
→ L'objectif doit pouvoir être mesuré
exemple : "je vais répondre à 20 questions"

Atteignable
→ L'objectif doit être assez haut pour te motiver…

Réaliste
→ … mais pas trop ambitieux pour ne pas te décourager

Temporel
→ L'objectif doit être limité dans le temps

"je dois réviser le BAC" ✗

"chaque jour pendant 2 semaines je dois apprendre une notion et savoir répondre au quiz associé" ✓

5 Intègre des pauses actives

Réviser pendant de longues heures, sans aucune pause, c'est épuiser tant son corps que son cerveau et sa faculté de concentration. Incorporer des pauses actives peut revigorer ton esprit. Il peut s'agir de simples étirements, d'une petite marche ou de quelques pas de danse.

Mode d'emploi

1. Planifie tes pauses
(toutes les heures, arrête-toi 10 min)
2. Fais des pauses actives
(lève-toi, fais des étirements, du yoga)
3. Hydrate-toi
(bois de l'eau, c'est essentiel pour rester concentré)

Travailler avec des vidéos « Study with me »

Une autre méthode intéressante pour structurer tes révisions est de t'inspirer des vidéos « Study with me » sur YouTube. Elles te permettent de plonger dans une ambiance d'étude partagée avec un youtubeur, ce qui peut te donner l'impression d'être accompagné dans ton effort et t'encourager.

CONSEIL

Choisis évidemment des vidéos de youtubeurs français ! Par exemple, j'aime beaucoup la chaîne YouTube de Grégoire Dossier.

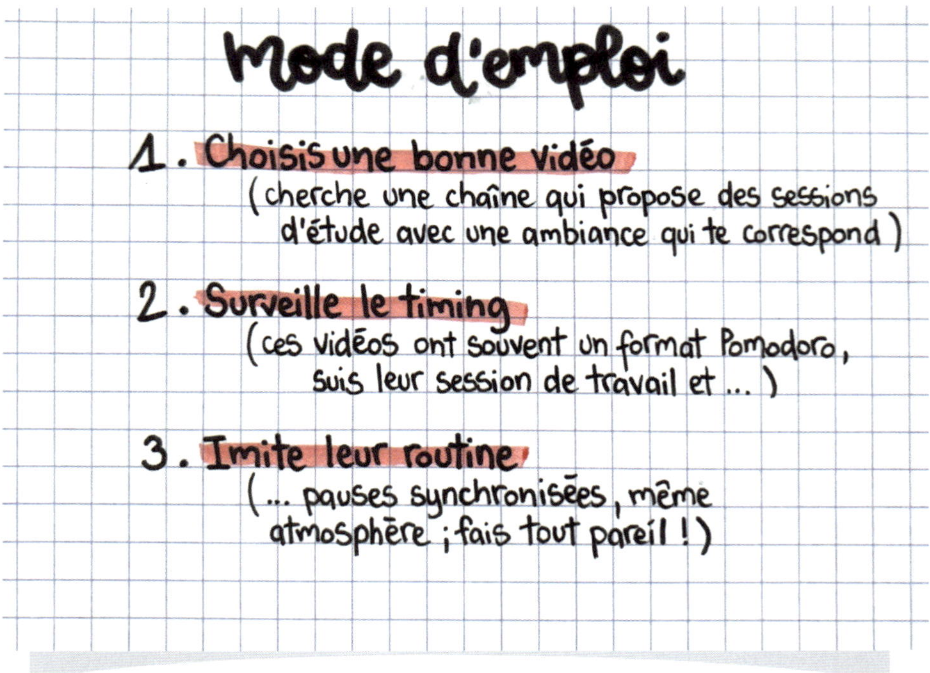

Introduire le jeu dans ses révisions

Pourquoi ne pas rendre tes révisions plus ludiques ? La gamification, concept fondé sur le terme anglais *game* (jeu), est l'utilisation des concepts de jeux dans une activité comme les études. Créer un système de points pour chaque chapitre que tu maîtrises ou se lancer des défis de révision entre amis peut rendre le processus d'apprentissage beaucoup plus engageant. Voici quelques idées pour transformer tes sessions de révisions en une véritable aventure.

1 Distribue points et récompenses

Une méthode simple et efficace consiste à créer un système de points. À chaque fois que tu termines un chapitre, un exercice ou que tu réussis un quiz, tu gagnes des points. Fixe-toi des objectifs et des récompenses pour chaque palier atteint.

Mode d'emploi

1. **Définis tes objectifs**
   (10 pts pour un chapitre révisé, 5 pts pour un quiz réussi ...)
2. **Dresse une liste de récompenses**
   (→ une fois que tu as atteint 50 pts accorde-toi une pause pour voir un film par ex.)
3. **Utilise des applications**
   (il existe des applications de gamification comme *Habitica* où tes tâches = des quêtes)

2 Lance des défis de groupe

Comme je l'ai un peu dit dans « Travailler en groupe ou en solo » (voir page 168), se lancer des défis entre amis peut également rendre l'apprentissage plus dynamique. Propose des compétitions amicales pour voir qui peut résoudre le plus de problèmes dans un temps imparti ou qui peut répondre le mieux à un quiz.

Mode d'emploi

1. **Lance des défis thématiques**
   (par exemple en histoire et vous devez retrouver à quel évènement quelle date)

2. **Organise une séance de quiz**
   (→ utilise une plateforme (Kahoot!, Quizizz...) pour créer des quiz interactifs)

3. **Établis un classement**
   (→ tenez un tableau des scores et défiez-vous entre amis)

3 Réponds à des quiz en ligne

Les quiz en ligne sont une autre manière de rendre tes révisions plus ludiques. De nombreux sites et applications te permettent de faire des tests rapides sur une grande variété de sujets.

mode d'emploi

1. Visite des sites de quiz
   (Khan Academy, Quizlet, Socrative...)
2. Lance une compétition entre amis
   (que la bataille commence !)
3. Lance des défis chronométrés
   (→ fixe une durée et parie sur le nombre de réponses que tu peux avoir)

4 Crée une playlist de révisions

Bien que cela ne soit pas un jeu en soi, tu peux créer une playlist musicale pour tes séances de révisions afin de rendre le travail plus agréable. Choisis des morceaux qui t'inspirent et qui te donnent de l'élan pour travailler.

Sélectionne des morceaux qui correspondent à chaque chapitre. Ici, jouons avec la kinesthésie en mélangeant les sens. Tu étudies la guerre d'Irak qui suit les attentats du 11 septembre 2001 : choisis « Manhattan-Kaboul » d'Axelle Red et Renaud, par exemple. Associe chaque notion à une chanson ou à un morceau instrumental.

Associer une musique à une notion peut être un outil mnémotechnique utile le jour de l'examen.

La veille

(J-1)

Ça y est, le *rush* touche à sa fin, ton examen c'est demain.

Cela peut paraître contre-productif, mais mon conseil, c'est de ne pas réviser. Si tu as bien travaillé tout au long de l'année et que tu as révisé ces dernières semaines, tu n'as aucun souci à te faire. À la veille d'une épreuve, tu dois trouver le bon état mental.

L'idée, c'est de te détendre et de penser à autre chose pour être bien le lendemain.

Décompresser !

« Le mieux, souvent, c'est le repos. Il faut se détendre et se ressourcer. On ne peut pas être au top quand on est lessivé. »

La première chose à faire, c'est de totalement décompresser. Personnellement, je te conseille de faire quelque chose qui te plaît. Sors faire du sport, joue à un jeu, va à la plage... Bref, fais une activité qui n'a rien à voir avec les révisions et n'hésite pas à prendre l'air. On a tendance à prendre ça trop à la légère, mais aérer son cerveau est essentiel.

Le faire avec d'autres c'est bien, mais pas sans risque.

Tu peux sortir avec ta famille mais le faire avec des amis de ta classe la veille peut être un piège. Le risque est de passer la journée à parler de l'examen, à comparer l'avancement de vos révisions et peut-être à vous emmêler les pinceaux plus qu'autre chose. La veille d'une épreuve, il faut absolument éviter d'en parler. Il faut que tu arrives un minimum à rester dans ta bulle pour que tu aies confiance en toi et en tes révisions.

À propos de confiance en soi, il y a un sujet qui touche une grande majorité des élèves avant chaque examen : **le stress**.

Le stress est normal, surtout avant un examen aussi important que le bac. Tout le monde passe par-là, et le fait de l'accepter est déjà un grand pas. Apprends à voir le stress comme un signal, pas comme un ennemi. Il t'avertit que tu es face à quelque chose d'important, alors à toi de le transformer en énergie positive pour avancer. Tu as toutes les ressources en toi, il te suffit juste de les mobiliser au bon moment.

Surtout, sois bienveillant avec toi-même.

Gérer son stress la veille de l'examen

Le stress, ce n'est pas toujours agréable. Je suis sûre qu'il peut t'arriver de te mettre dans des états pas possibles. Mais j'ai une bonne nouvelle, il existe des méthodes assez établies pour parvenir à le gérer.

Avant toute chose, il faut comprendre que le mot stress est assez vague. Il peut faire référence à l'angoisse, à la nervosité, qui sont négatives, mais peut aussi faire référence à l'adrénaline qui, elle, est positive.

En psychologie, on distingue deux types de stress :

- l'**eustress** : c'est le bon stress, qui te stimule, te motive, t'encourage à te dépasser ;
- le **distress** : c'est le mauvais stress, celui qui provoque de l'anxiété, de la fatigue et de la tristesse.

Pour maîtriser le stress, il faut comprendre son mécanisme, qui est assez simple. Lorsqu'un événement important ou inhabituel arrive, ton cerveau ne réfléchit pas : il libère de l'adrénaline directement.

L'adrénaline est une hormone. Libérée dans le sang, elle prépare le corps « à combattre ou à fuir » (un héritage qui nous vient du fond des temps). Cette hormone provoque donc une accélération du rythme cardiaque, de la respiration, et redirige le sang vers les muscles.

C'est instantané, immédiat et bref. C'est ce qui arrive, par exemple, lorsque tu penses avoir oublié quelque chose d'important chez toi et que « ton sang ne fait qu'un tour ».

Ensuite, le cerveau libère ce qu'on appelle « l'hormone du stress » : le cortisol. Une fois libéré, le cortisol aide le corps à s'adapter à la situation stressante en mobilisant des ressources énergétiques. Cette hormone est faite pour aider le corps sur une période de stress étendue.

Tu le vois, le stress, c'est un peu comme une alarme. Il te met en garde contre un danger potentiel (ici, le bac). Or tout dépend de la manière dont tu vas l'écouter et le gérer. La clé, c'est d'apprendre à utiliser le bon stress (l'eustress) pour te booster et éviter que le mauvais (distress) ne prenne le dessus.

Faire de la respiration son alliée n° 1

« Dès que vous observez le mouvement de votre respiration, vous devenez un peu plus conscient de votre monde intérieur et du moment présent. Vous faites un pas vers davantage de concentration. »
Eline Snel

La respiration est l'arme secrète contre le stress. Quand tu respires mal (trop vite ou superficiellement), ton corps reçoit le signal que tu es en danger. La bonne nouvelle, c'est qu'en reprenant le contrôle de ta respiration, tu peux calmer ton cerveau. Depuis le lycée, avant des oraux et des moments un peu stressants, je recours à plusieurs techniques : la **cohérence cardiaque**, la **respiration carrée** et la **double inspiration**. Elles sont faciles à pratiquer et super efficaces.

1 La cohérence cardiaque

Cette technique de gestion du stress et de l'anxiété est basée sur un principe simple : en respirant à un rythme régulier, tu vas aligner tes « trois cerveaux », c'est-à-dire ton ventre, ton cœur et ta tête. Les trois seront en cohérence, ce qui te permettra de te concentrer. Cela aura également un effet apaisant sur ton corps et ton esprit. Elle est souvent utilisée par les sportifs ou dans des situations de forte pression ; elle est donc très utile lors d'un examen.

Sa pratique est simple

1

assieds-toi confortablement,
le dos bien droit ;

2

inspire profondément
par le nez pendant 5 secondes ;

3

expire lentement

par la bouche pendant 5 secondes ;

4

répète

ce mouvement d'inspir et de respir pendant 5 minutes. Cela peut paraître long, mais tu verras que cette régularité va rapidement calmer ton esprit. Pour t'aider, tu peux utiliser une appli ou une vidéo qui guide le rythme, tu peux en trouver plusieurs en ligne. Ma préférée s'appelle « Cohérence Cardiaque + Modulation Thêta 5Hz | Méditation guidée », dans laquelle le bruit des vagues m'aide idéalement à me concentrer.

Les effets sont immédiats. Ton corps se détend, ton rythme cardiaque ralentit et **ton cerveau passe en mode zen**. Ta concentration s'accroît.

À pratiquer avant un examen ou même pendant une pause entre deux révisions !

2 La respiration carrée

La respiration carrée, que l'on appelle aussi le *box breathing*, est une technique simple et visuelle qui aide à calmer l'esprit. Imagine un carré : chaque côté du carré représente une phase de la respiration (inspiration, rétention d'air, expiration, rétention à vide).

- **Inspire profondément** par le nez pendant 4 secondes (imagine que tu dessines le premier côté du carré).
- **Retiens ta respiration** pendant 4 secondes (deuxième côté).
- **Expire lentement** par la bouche pendant 4 secondes (troisième côté).
- **Retiens ta respiration**, les poumons vides, pendant 4 secondes (quatrième côté).
- **Recommence**.

En visualisant ce carré pendant que tu respires, tu ajoutes une dimension mentale qui aide à focaliser ton esprit et évite qu'il ne parte dans tous les sens.

Cette méthode est idéale pour **gérer ton stress avant un examen** ou pendant une pause. Tu peux la pratiquer pendant 2 à 5 minutes et, tu le verras, tu te sentiras beaucoup plus centré et détendu. C'est aussi une super technique à utiliser pendant un examen, entre deux questions, pour reprendre tes esprits.

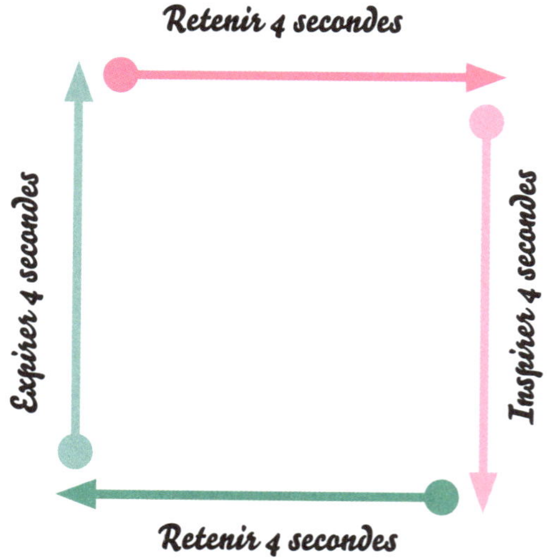

3 La double inspiration

C'est une technique inspirée des pratiques de respiration de certaines formes de méditation. Elle est également utilisée dans des sports de haut niveau. Elle permet de relâcher très rapidement la tension en oxygénant mieux le cerveau et en éliminant plus de CO_2. Elle est idéale si tu te sens vraiment submergé par le stress.

- **Inspire** par le nez une première fois, normalement.
- Ensuite, juste avant d'expirer, **prends une deuxième petite inspiration** rapide et brève pour remplir complètement tes poumons.
- **Expire** ensuite profondément par la bouche en relâchant tout l'air d'un coup, comme un grand soupir.
- **Répète** ce cycle 5 à 10 fois.

Cette double inspiration rapide permet de remplir complètement tes poumons et de libérer la pression accumulée. Tu sentiras immédiatement un effet de soulagement, comme si tu venais de te débarrasser d'un poids.

En apprenant à maîtriser ta respiration, tu devrais limiter tes angoisses. Mais il existe d'autres petites choses à appliquer.

Se préparer mentalement

Le stress monte souvent parce que tu doutes de toi ou que tu penses à tout ce qui pourrait mal se passer. C'est là que le travail mental entre en jeu.

La **visualisation positive** peut ici t'aider efficacement.

Par exemple, ferme les yeux et imagine-toi le jour de l'examen : tu es calme, concentré ; tu gères tes questions avec assurance.

Cette technique, également utilisée par des sportifs de haut niveau, permet d'entraîner ton cerveau à réagir de manière positive à une situation stressante. Le jour J, il se souviendra de ces images et aura moins tendance à paniquer.

Eh oui, **le bac, c'est sportif !**

Prendre soin de soi

On sous-estime trop souvent l'importance d'être à 100 % la veille et, bien sûr, le jour J. Or ton mode de vie joue un grand rôle dans la gestion du stress. Si tu dors mal, que tu sautes des repas ou que tu passes tes journées à te noyer dans un écran, ton corps sera plus vulnérable au stress. Aussi, toute l'année, mais surtout la veille de l'examen, suis quelques conseils d'hygiène de vie.

1 Dors

Avant un examen, essaie de conserver un rythme de sommeil régulier. Un cerveau bien reposé est beaucoup plus performant et surtout moins susceptible de paniquer. Fixe et respecte une heure de coucher et de lever ; évite les révisions tardives qui te fatiguent plus qu'elles ne t'aident.

2 Mange (bien)

Mange équilibré, surtout en période de révisions. Ce que tu manges détermine ton énergie et a une influence sur ta concentration. Évite les excitants comme le café, ils peuvent augmenter l'anxiété. Privilégie les aliments riches en magnésium (amandes, bananes, chocolat noir) qui aident à apaiser le système nerveux. Personnellement, je me prends un peu pour une sportive la veille d'un examen, je me fais toujours un bon plat de pâtes pour me mettre dans un *mindset* de gagnante.

3 Sors

Fais du sport ou, plus simplement, bouge ! C'est un excellent moyen de libérer les tensions accumulées. Une petite marche, un jogging ou même des étirements rapides à la maison peuvent suffire à réduire ton niveau de stress. C'est prouvé, l'activité physique libère des endorphines, les hormones du bien-être.

CONSEIL

Il ne s'agit pas seulement de survivre au stress du moment. Le bac est une étape importante, mais ce que tu apprends sur la gestion du stress maintenant te servira toute ta vie. La clé est de développer des **habitudes régulières** pour mieux gérer le stress à long terme, comme la méditation, la pratique sportive ou encore l'inscription de moments de détente dans ton emploi du temps.

4 Établis une check-list

C'est tout bête, mais pour éviter de stresser **il faut être prêt et organisé.**

Donc c'est non négociable : prépare tes affaires la veille et pas le matin même ! Par exemple, si tu as une épreuve scientifique pour laquelle tu auras besoin d'une calculatrice ou encore une épreuve de géographie qui nécessite une règle spéciale, **vérifie plusieurs jours à l'avance** que tu possèdes tout ce dont tu auras besoin. Parce qu'il sera compliqué et très angoissant de devoir acheter le matériel la veille au soir !

Vérifie aussi quelle est **l'adresse du centre d'examen** (le plus souvent, les épreuves se déroulent ailleurs que dans ton lycée), vérifie l'itinéraire pour t'y rendre, les horaires des transports en commun si tu n'y es pas conduit...

Pense à lister en amont toutes les affaires et documents indispensables ; vérifie que tes stylos fonctionnent, que ta calculatrice a des piles, que ton téléphone a assez de batterie...

Pour un examen classique comme une épreuve du bac, tu dois toujours avoir dans ton sac :
- ☐ ta **convocation** (sans elle, tu n'entres pas dans la salle d'examen) ;
- ☐ une **pièce d'identité à jour** (carte d'identité ou passeport) ;
- ☐ des **stylos** (qui fonctionnent) ;
- ☐ des **surligneurs** (pour annoter ton sujet) ;
- ☐ une bouteille d'eau (pour hydrater ton cerveau).
- ☐ un petit en-cas, mais n'abuse pas : pense à ne pas déranger tes camarades.

Ça y est, **ton sac est fait.** Maintenant, pipi, les dents et au lit.

Et une fois dans ton lit, tu as enfin le droit dans ta journée et pour la dernière fois (pour le coup, ce sera vraiment la dernière fois) de relire ton cours, tes fiches... pour passer une nuit tranquille, éliminer les derniers doutes qui planent dans ton esprit et te réveiller sereinement le jour J.

Le jour J

Wouah, le jour tant attendu (ou plutôt tant redouté) est là. Il n'y a plus de retour en arrière possible, c'est parti, tu vas te rendre au centre d'examens et tu vas exceller. Voici mes derniers conseils à appliquer le jour J, et tu auras toutes les clés.

Ne relis pas tes cours

Ce premier conseil sera difficile à suivre pour certains de mes lecteurs, mais il est selon moi très important : ne relis pas tes cours. C'est bon, c'est fini, la dernière relecture a eu lieu la veille au soir, désormais tu ne touches plus à rien de peur de **t'emmêler les pinceaux**. Tu as révisé, tu peux avoir confiance en toi.

Tes cours, je t'autorise à les ouvrir uniquement après l'épreuve si tu veux vérifier ce que tu as écris dans ta copie.

À propos de copie, faisons un petit point sur celle-ci.

ARRIVE EN AVANCE !

Arrive en avance aux épreuves. On peut entrer dans la salle 15 minutes avant le début de l'examen : prends le temps de t'installer, de te calmer, de te concentrer.

Renseigne la copie d'examen

En France, une copie d'examen, cela ressemble à ça.

Modèle CCYC : ©DNE
NOM DE FAMILLE (naissance) : (en majuscules) F O U Q U É
PRENOM : (en majuscules) M A T H i L D E
N° candidat : 0 2 1 4 9 1 2 4 6 8 4
N° d'inscription : 0 0 2
(Les numéros figurent sur la convocation, si besoin demander à un surveillant.)

Liberté • Égalité • Fraternité
RÉPUBLIQUE FRANÇAISE

1.2

Né(e) le : 26 / 06 / 2005

Concours / Examen : BACCALAUREAT
Section / Spécialité / Série : GENERALE
Epreuve : Enseignement de spécialité
Matière : Mathématiques

CONSIGNES
- Remplir soigneusement en MAJUSCULES le cadre d'identification sur toutes les copies.
- En dehors de ce cadre d'identification, aucun signe distinctif ne doit permettre d'identifier le candidat.
- Ne joindre aucun brouillon et n'effectuer aucun collage et aucun agrafage.
- Ecrire à l'encre foncée et éviter d'utiliser du blanc correcteur. Ne pas composer dans la marge.
- Numéroter chaque page et préciser le nombre total de pages.

Session : 2023

exercice 1 :

1. b. 0,01

2. b. 0,08

3. b. 0,024

4. b. 0,789

5. c 10

Page / nombre total de pages
01 / 17

Modèle CCYC : ©DNE

NOM DE FAMILLE (naissance) : (en majuscules) F O U Q U É

PRENOM : (en majuscules) M A T H i L D E

N° candidat : 0 2 1 4 9 1 2 4 6 8 4

(Les numéros figurent sur la convocation, si besoin demander à un surveillant.)

N° d'inscription : 0 0 2

Liberté • Égalité • Fraternité
RÉPUBLIQUE FRANÇAISE

Né(e) le : 2 6 / 0 6 / 2 0 0 5

1.2

Concours / Examen : BACCALAUREAT

Section / Spécialité / Série : GENERALE

Epreuve : philosophie

Matière : PHILO

CONSIGNES
- Remplir soigneusement en MAJUSCULES le cadre d'identification sur toutes les copies.
- En dehors de ce cadre d'identification, aucun signe distinctif ne doit permettre d'identifier le candidat.
- Ne joindre aucun brouillon et n'effectuer aucun collage et aucun agrafage.
- Ecrire à l'encre foncée et éviter d'utiliser du blanc correcteur.
- Numéroter chaque page et préciser le nombre total de pages. Ne pas composer dans la marge.

Session : 2023

SUJET 2 :

La justice est un theme majeur de notre société, du latin *jus* qui signifie "droit" elle est censée être droite dans ses décisions et traiter tous les hommes de la même manière. Elle est synonyme d'ordre, d'égalité et est contraire aux conflits. Ainsi, à partir du sujet "Vouloir la paix, est-ce vouloir la justice ?", la réponse la plus évidente est que oui, justice est synonyme de paix mais dans le même temps il existe des Etats en guerre qui possèdent une justice. On peut donc se demander la justice permet-elle aux sociétés d'être pacifiques ou bien au contraire la justice est-elle le noyau de tous les conflits ?

Pour cela, nous allons voir dans un premier temps en quoi la justice dans son but premier est synonyme de sécurité, de sérénité et de paix. Ensuite on verra que la justice en réalité pose des contraintes et des limites qui créent plus de conflits qu'elles n'en résoud. Et enfin on verra dans une ultime partie que pour atteindre la paix il faudrait d'abord s'accorder sur ce qui est juste et revoir tout d'abord notre fonctionnement de justice.

Page / nombre total de pages 0 1 / 0 6

Elle peut t'impressionner. Remplir un document administratif, quand on n'en a pas l'habitude, peut faire un peu peur. Personne ne sait comment les remplir, quoi noter dans l'encadré ni comment les numéroter. Mais quand on comprend à quoi correspondent les cases qu'il faut remplir, c'est assez simple.

Les copies d'examen sont fournies pour éviter les fraudes. Les élèves n'y ont pas accès avant l'épreuve et ne peuvent donc pas s'en servir pour tricher. Le bandeau qui l'anonymise et le fait qu'elles soient toutes identiques permet d'assurer une certaine égalité de traitement entre les étudiants.

Comment la remplir ?

Normalement, le surveillant fera une annonce pour aider les candidats à bien remplir les cases informatives, mais si tu sais déjà le faire, ce sera moins casse-tête et moins stressant.

Dans la première partie, il n'y a pas de piège :

- note ton **nom de famille** et ton **prénom** (tout ça en lettres capitales et à l'encre foncée) ;
- inscris ton **numéro de candidat** et ton **numéro d'inscription** ;

PAS DE PANIQUE !
Les numéros de candidat et d'inscription sont indiqués sur ta convocation, souvent même sur ta table d'examen.

- indique ta date de naissance (sauf grosse panique, tu devrais t'en souvenir).

La seconde partie est souvent celle qui fait très peur aux élèves, voici les cinq informations à remplir :

- **Concours/Examen** : écris systématiquement « BACCALAURÉAT », car c'est l'examen que tu cherches à obtenir...
- **« Section / Spécialité / Série »** : écris « GÉNÉRALE », « TECHNOLOGIQUE » ou « PROFESSIONNELLE », selon ta filière.
- **« Épreuve »** : ça peut être l'« ÉREUVE ANTICIPÉE DE FRANÇAIS », l'« ENSEIGNEMENT DE SPÉCIALITÉ », la « PHILOSOPHIE »...
- **« Matière »**, tu inscris la matière : Français, Littérature, Philosophie, Mathématiques, Physique-Chimie ...

PAS DE PANIQUE !

Il peut arriver que **« Épreuve »** et **« Matière »** se répètent, et c'est normal. Les feuilles d'examen sont faites pour s'adapter à toutes les éventualités, donc dans certains cas, pour la philosophie, tu écriras la même chose.

Ouf ! on s'en est sortis. Maintenant, il ne te reste plus qu'à découvrir ton sujet, et à composer.

Gère le temps imparti

Pour réussir une épreuve, il faut gérer son temps : c'est primordial. Pour ça, la clé est de s'entraîner en amont au cours des bacs blancs, et de toujours garder un œil sur l'horloge.

CONSEIL

Dès que tu récupères ton sujet, minute le travail. Cela te permettra de t'organiser, et d'aller au bout du sujet dans le temps imparti.

Les épreuves de **composition**

Les épreuves de composition, ce sont les dissertations ou les études de texte. Tu as 4 heures. Il faut que tu partages ce temps en quatre.

4 15 minutes, la conclusion

Partie importante mais souvent bâclée. Prévois ce temps à la fin de l'épreuve pour la rédiger tranquillement. Je te conseille de la faire après la relecture pour être sûr de bien conclure en fonction de ce que tu as dit précédemment.

3 15 minutes, la relecture

Partie très importante qui te permet de corriger tes fautes d'orthographe et de vérifier la cohérence de ton discours. De te rassurer aussi.

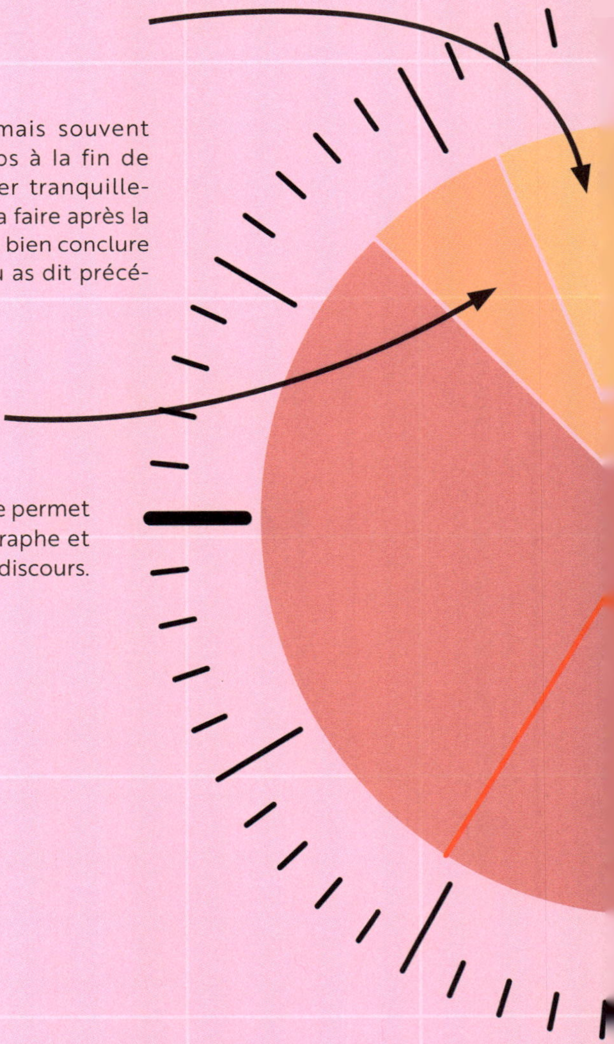

1 1 h 30, le brouillon

Il doit être complet : rédige un plan détaillé, comportant les parties, sous-parties, arguments utilisés, exemples et transitions entre chaque partie.

C'est la colonne vertébrale de ton devoir, ne le néglige pas et passe du temps dessus.

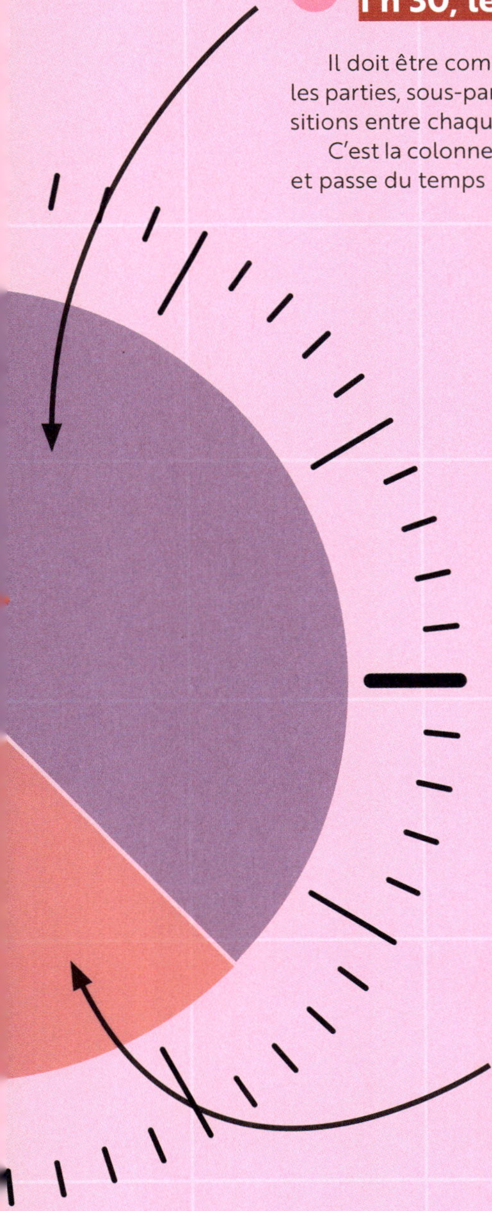

2 2 h, la composition

C'est ton devoir, donc rédige, applique-toi et suis le plan que tu as conçu. Plus le temps d'épreuve passera plus tu en auras marre et tu voudras abréger, mais force-toi à réaliser des parties assez équitables.

Les épreuves à exercices

Il s'agit des épreuves comportant des exercices à réaliser, elles concernent notamment les matières scientifiques. Si tu as quatre exercices avec le même nombre de points, répartis ton temps de manière équitable. En général, si les exercices ont la même valeur, c'est qu'ils nécessitent un temps de réflexion similaire.

Deux techniques de gestion du temps

Voici deux techniques que tu peux utiliser pour **mieux gérer ton temps** le jour de l'examen.

Pomodoro en version examen

Tu connais déjà la technique Pomodoro, que je t'ai expliquée page 170. Le jour de l'examen, tu peux t'en inspirer pour maintenir ta concentration.

Divise ton temps en blocs de 45 à 50 minutes de travail intense, suivis d'une courte pause mentale de 5 minutes. Pendant cette petite pause, respire profondément, bois une gorgée d'eau et reprends ton souffle avant de te replonger dans l'examen. Cela te permet d'éviter la fatigue cognitive et de garder un bon niveau de concentration tout au long de l'épreuve.

La méthode du Timeboxing

C'est une méthode efficace pour les épreuves qui comportent plusieurs parties ou exercices. Elle consiste à **fixer un temps précis pour chaque tâche** (ici, chaque partie ou exercice) et à s'y tenir scrupuleusement.

Si tu as prévu 45 minutes pour un exercice, arrête-toi dès que le temps est écoulé, même si tu n'as pas fini. Passe à l'exercice suivant pour maximiser tes chances de répondre au plus grand nombre de questions possible. Une fois tous les exercices traités, tu pourras revenir aux points restés en suspens, s'il te reste du temps.

Cette méthode est particulièrement utile si tu as tendance à t'attarder trop longtemps sur un exercice difficile et, par conséquent, à manquer de temps pour traiter les autres. Tu peux aussi commencer par les exercices qui rapportent le plus de points, je te laisse déterminer la technique qui te convient le mieux. L'essentiel est de toujours bien écrire le numéro de l'exercice et de ne pas tout mélanger. Cela évitera de compliquer la tâche de ton correcteur.

CONSEIL

Pour les épreuves comportant différents exercices, je te conseille de changer de feuille à chaque exo, ça te permettra d'y voir clair et de ne pas tout mélanger.

Gère le stress le jour de l'examen

Gestion du temps et gestion du stress vont de pair. Tu dois **canaliser ton anxiété** car elle peut être assez pénalisante en situation d'examen.

Il existe tout un tas de techniques pour gérer le stress, mais commence par faire ce que je te conseille ci-dessous, et tout ira bien.

1 Arrive en avance

Être pressé augmente ton niveau de stress donc prévois du temps pour t'installer calmement, respirer et éviter toute bouffée de panique de dernière minute. Il est obligatoire d'arriver 30 minutes à l'avance, mais prévois large, il peut y avoir des embouteillages.

2 Commence par ce que tu sais

Une fois la feuille d'examen en main, lis les questions calmement. Si certaines te paraissent difficiles, ne panique pas et commence par celles que tu maîtrises. Cela te donnera confiance pour attaquer les plus compliquées.

3 Souviens-toi de respirer

Si tu sens que la panique monte, applique la technique de la cohérence cardiaque que tu as apprise (voir page XX). **Quelques secondes suffisent** pour te recentrer et calmer ton rythme cardiaque.

4 Fais des pauses mentales

Si ton esprit s'emballe, pose ton stylo quelques secondes, ferme les yeux et prends trois grandes inspirations. Cela t'aidera à clarifier tes pensées.

Reste focus

Surtout, reste focus sur ton examen. Nul besoin de paniquer si quelqu'un sort de la salle, demande une nouvelle feuille ou écrit beaucoup. Cela ne veut rien dire. S'il y a bien un endroit où il ne faut pas se comparer aux autres, c'est la salle d'examen.

NE TE PERDS PAS PENDANT L'ÉPREUVE : LE SURLIGNEUR ET LE BROUILLON

Surligne

Pour ne pas te perdre durant ton épreuve, il faut travailler méthodiquement. Évidemment, les méthodes varient en fonction du type d'examen. Pour ma part, il y a un objet qui m'est essentiel à chaque fois : **le surligneur**.

Dis-toi que le sujet qu'on t'a donné t'appartient. **Tu as le droit d'écrire dessus**. Pour être sûre de ne rien oublier des questions et de ne pas m'emmêler les pinceaux, moi je surligne.

L'explication est toute simple. Chaque fois que tu réponds à une question, tu la surlignes. Agir de la sorte te permet de sauter des questions et d'y revenir plus tard. À la fin de ton épreuve, tu regardes ton sujet et tu vérifies que tout est surligné.

Le brouillon

C'est un peu ton **meilleur allié** pendant l'épreuve. Or beaucoup d'élèves le négligent ou l'utilisent mal. Pourtant, si tu le maîtrises, il peut te sauver la mise et transformer ton devoir en un travail clair, structuré et bien argumenté. Alors comment l'utiliser correctement ? Voici quelques astuces pour optimiser son utilisation.

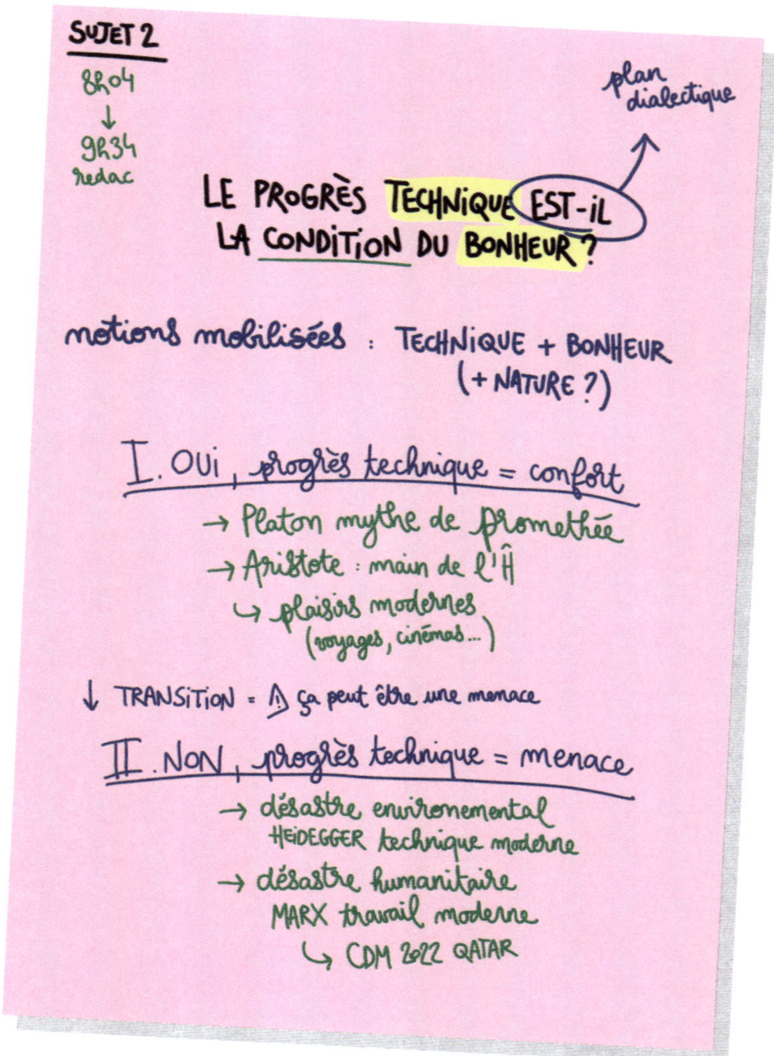

Un espace de réflexion

La première erreur que font souvent les élèves, c'est de considérer le brouillon comme un endroit où l'on écrit tout ce qui nous passe par la tête, de manière non structurée.

Le résultat ? Un fouillis illisible où tu risques de perdre du temps à retrouver tes idées. Oui, tu as le droit d'avoir une feuille où tu te défoules un peu, sur laquelle tu écris tout et n'importe quoi, mais il faut garder en tête qu'avant toute chose, le brouillon est bien plus que ça : c'est là que tu vas construire la colonne vertébrale de ton devoir.

Lorsque tu reçois ton sujet, prends quelques minutes pour dessiner **une carte mentale** : note toutes tes idées clés, tes exemples, tes arguments principaux. Mais ne te contente pas de les balancer en vrac. Organise-les déjà par thématiques ou sous-parties. Ce premier travail te permettra de mettre sur la table tout ce que tu sais, et de ne rien oublier quand tu rédigeras ta copie.

Le plan détaillé : le squelette de ton devoir

Un bon devoir repose toujours sur **un plan solide**, et ce plan, c'est sur ton brouillon que tu vas le construire. Une fois ta tempête d'idées passée, prends le temps de structurer ton propos. Reporte-toi à la méthode détaillée ci-dessous.

Un brouillon soigné : un gain de temps énorme

Le brouillon ne doit pas être un simple support pour noter des idées en vrac. Il doit être **propre** et **structuré**, car c'est sur lui que tu vas te reposer tout au long de l'épreuve. Garde-le à portée de main pendant que tu rédiges pour pouvoir y revenir à tout moment. Voici quelques conseils pour que ton brouillon reste utile du début à la fin de l'épreuve :

- **utilise un code et des couleurs**. Si tu en as le temps, tu peux souligner certaines idées ou sections avec des couleurs ou des symboles (par exemple, encadrer les idées principales, souligner les exemples). Cela te permettra de retrouver tes informations en un coup d'œil pendant la rédaction ;
- **numérote tes idées**. Pour éviter de te perdre dans tes idées ou dans l'ordre des arguments, tu peux numéroter tes parties et sous-parties sur ton brouillon. Cela te permettra de garder une vision claire et logique de ton plan ;

- **laisse de la place pour les ajouts**. Pendant l'épreuve, il est possible que des idées te viennent en rédigeant. Laisse toujours un peu de place entre tes parties sur le brouillon pour pouvoir y ajouter des informations ou des exemples supplémentaires si besoin.

Ne perds pas trop de temps sur le brouillon

Bien sûr, il faut **prendre le temps** de bien préparer ton brouillon, mais attention à ne pas y passer trop de temps non plus. Il ne s'agit pas de rédiger ton devoir au brouillon et de le recopier ensuite. Le brouillon doit être **un outil de réflexion**, pas un brouillon au sens strict où tu écris ton devoir en entier.

Comme je l'ai déjà évoqué, je te recommande de **consacrer environ 1 h 30** (dans une épreuve de 4 heures) à la préparation de ton brouillon et la structure de ton devoir. Cette étape est essentielle. Mais au-delà, tu risques de te priver d'un temps précieux pour la rédaction et la relecture. Une fois que ton plan est bien établi et que tes idées sont claires, lance-toi dans la rédaction sans hésiter.

Le brouillon des épreuves à exercices

Pour les matières scientifiques ou à exercices, le brouillon joue un rôle un peu différent. Là, il s'agit de **poser tes calculs** ou de **décomposer les problèmes** avant de les résoudre.

- **Pose tous tes calculs** au brouillon avant de les recopier sur la copie finale. Cela te permet de vérifier les étapes de ton raisonnement et d'éviter les erreurs d'inattention.
- **Fais des schémas clairs** si cela est nécessaire, en particulier pour les matières comme les sciences de la vie et de la Terre, ou la physique-chimie. Un schéma bien fait au brouillon te permettra de le recopier rapidement et proprement sur ta copie.
- **Si tu bloques** sur une question ou un exercice, utilise ton brouillon pour faire des essais ou des hypothèses sans risquer de salir ta copie. Cela te permettra d'explorer différentes pistes sans pression avant de trancher.

Le brouillon, support de la relecture

Dernier point, mais non des moindres : une fois ton devoir terminé, ton brouillon peut également te servir de **support de relecture**. En effet, quand tu relis ton devoir, compare-le à ton brouillon pour t'assurer que tu n'as **rien oublié**. As-tu bien suivi le plan que tu avais prévu ? As-tu intégré tous les arguments et exemples importants ? Ton brouillon te servira de ***checklist*** pour t'assurer que ton devoir est complet.

EN RÉSUMÉ

Le brouillon est une **étape fondamentale** dans la réussite de ton épreuve. Bien utilisé, il te permet de poser tes idées, de structurer ton devoir et de rester clair et cohérent tout au long de l'épreuve. L'important est de ne pas le négliger et de ne pas te perdre. Un brouillon bien structuré, c'est un devoir bien rédigé !

Une épreuve particulière :
la dissertation

La dissertation, c'est un peu l'exercice roi au lycée, que tu as l'occasion de réaliser dans beaucoup de matières et qui te servira durant toutes tes études.

Bien sûr, chaque matière impose des spécificités à l'exercice mais, en général, la dissertation suit un plan qui ressemble à cela :

I. INTRODUCTION

- Recontextualiser le sujet en introduisant le thème principal.
- Exposer la problématique.
- Si nécessaire, définir les notions employées dans la question posée.
- Annoncer le plan.

II. DÉVELOPPEMENT

Le développement doit contenir au moins deux grandes parties, et au moins deux sous-parties par partie.

- **Partie 1**

- argument 1
- argument 2
- ...

- Partie 2

- argument 1
- argument 2
- ...

- Partie 3

- argument 1
- argument 2
- ...

III. CONCLUSION

- Rappeler le cheminement suivi.
- Répondre à la question posée en introduction.
- Finir sur une ouverture, c' est-à-dire élargir le sujet en posant une question liée à laquelle on pourrait s'intéresser.

Chaque partie :
- est séparée de la précédente par un saut de ligne ;
- introduit la suivante par une phrase de transition finale ;
- comprend plusieurs paragraphes dont chacun commence par un mot de liaison.

Chaque paragraphe :
- commence par un alinéa ;
- équivaut à un argument, une seule idée doit y être développée ;
- se compose de trois volets suivant la méthode AEI : j'Affirme un fait, une idée ; j'Explique avec mes propres mots ; j'Illustre avec un exemple tiré de mon cours ou de ma culture.

Concrètement, une dissertation se fait en 4 grandes étapes.

L'analyse du sujet

Cette étape correspond à la rédaction de ton **brouillon** (voir page 208).

- Commence par **lire attentivement le sujet** de la dissertation.
- Identifie les **mots-clés** qui seront à traiter.
- Reformule le sujet dans une **problématique** utilisant tes propres mots pour mieux le comprendre : tu dois faire ressortir les différentes facettes du sujet, leur éventuel antagonisme ou les problèmes qu'elles posent.

L'élaboration du plan

Le plan doit suivre le mouvement de la problématique que tu as dégagée.

En philosophie, par exemple cela prend cette forme :

I. THÈSE
L'idée communément admise sur le sujet.

II. ANTITHÈSE
Une nouveauté, qui montre que le I. n'est pas très solide.

III. SYNTHÈSE
Des idées qui dépassent ce conflit.

(Ni oui, ni non, ni peut-être. Ta dissertation doit vraiment être le miroir de ta réflexion et montrer sa progression.)

methodo

dissert (histoire - géo)

→ l'introduction

- amorce
- cadre spatio-temporel
- problematique
- plan

→ le développement

- 2 ou 3 parties + sous-parties
- 1 sous-partie = une idée
- transitions

→ la conclusion

- reponse à la problématique
- ouverture

étape 1

analysez le sujet

→ je me pose des questions sur le sujet

→ je me pose des questions sur le cadre S-T

→ je formule une problématique.

étape 2
mobiliser ses connaissances

→ j'établis un brouillon de mes connaissances.
→ j'organise mes idées en plan.

étape 3
rédiger

→ je rédige l'introduction
→ je rédige mon développement en m'appuyant en permanence sur mon plan.
→ je rédige la conclusion.

puis… RELECTURE

revision.my-oxford.com

La rédaction

- Commence par rédiger l'introduction :

— présente le sujet (thème, contexte spatio-temporel, enjeux) et la problématique (reformulée par tes soins) ;

— annonce le plan de ta dissertation.

ATTENTION
L'intro annonce sans conclure : elle ne doit pas résoudre directement le problème.

- Développe chaque partie de manière cohérente et argumentée en suivant la méthode AEI (voir page 213) et sans jamais te contredire, simplement en apportant des nuances.

- Rédige la conclusion :

— résume les points essentiels de ta dissertation ;

— reprends la problématique et réponds-y en t'appuyant sur les arguments développés ;

— ouvre des perspectives ou des pistes de réflexion supplémentaires, si possible.

Conseils pour améliorer ta rédaction

Que tu sois confronté à une dissertation, à un commentaire de texte ou à une étude de document, voici quelques conseils pratiques pour t'aider à améliorer la manière avec laquelle tu rédiges.

- Sois concis

Utiliser un langage **clair et précis** est fondamental pour capter l'attention du lecteur.

- Privilégie la simplicité

Évite les phrases trop longues et complexes qui pourraient embrouiller ton propos. Opte plutôt pour des phrases simples, structurées et concises. Une phrase bien formulée doit aller droit au but sans perdre le lecteur dans des détours inutiles.

- Adapte ton registre de langue

Selon le type d'exercice, tu devras utiliser un **registre de langue approprié**. Dans un contexte académique, il est important de rester formel.

- Utilise les **adjectifs avec parcimonie**

Les adjectifs peuvent enrichir ton texte, mais attention à ne pas en abuser. Choisis des adjectifs **significatifs** qui apportent une valeur ajoutée à tes phrases.

- Varie la **tournure de tes phrases**

Un texte dynamique est un texte vivant. Pour éviter que ton lecteur ne s'ennuie, n'hésite pas à jouer sur le rythme de ta rédaction.

Utilise des phrases déclaratives, interrogatives ou exclamatives pour diversifier ton style et ajouter du dynamisme à ton écriture.

Poser des questions dans ton texte peut engager le lecteur et l'inciter à réfléchir davantage sur le sujet. Cela crée une interaction, même à sens unique.

- Utilise des **connecteurs logiques**

Les connecteurs logiques sont indispensables pour structurer ton raisonnement. Ils permettent de lier tes idées et d'assurer la cohérence de ton texte.

Les connecteurs peuvent être de différents types : **addition** (« de plus », « également »), **opposition** (« cependant », « en revanche »), **cause** (« car », « parce que »), **conséquence** (« donc », « par conséquent ») et, enfin, **comparaison** (« de la même manière »). En les utilisant judicieusement, tu guideras le lecteur dans le fil de ton raisonnement.

N'hésite pas à **varier les connecteurs** pour éviter la monotonie. Par exemple, au lieu du sempiternel « mais », pense à « cependant », « néanmoins » ou « toutefois » pour diversifier ton discours.

• Fais des **transitions** fluides

Les connecteurs ne doivent pas seulement être ajoutés à la fin d'une phrase. Intègre-les de manière fluide dans tes arguments pour que la lecture soit agréable et naturelle.

• Fais **attention à l'orthographe et à la grammaire**

Une bonne maîtrise de l'orthographe et de la grammaire est fondamentale pour faire passer ton message avec clarté.

Après avoir rédigé ton texte, **prends le temps de le relire** attentivement. Traque les fautes d'orthographe, de grammaire et de syntaxe.

La relecture (étape à ne pas sous-estimer)

- Relis attentivement ta dissertation pour corriger les éventuelles fautes d'orthographe, de grammaire et de syntaxe.
- Assure-toi que ton argumentation est claire et que ton raisonnement est bien structuré.
- Vérifie que tu as bien répondu à la problématique posée et que ta conclusion est en adéquation avec les arguments développés.

CONSEILS POUR LES ÉPREUVES ORALES

Prendre la parole fait peur à beaucoup d'élèves et les épreuves orales sont celles qu'une grande majorité appréhende le plus. Pourtant, en suivant quelques conseils et en t'entraînant, je t'assure que tu peux devenir une bête à l'oral.

Personnellement, les épreuves orales ont toujours été les épreuves que j'attendais le plus, ça peut te paraître étrange mais ce sont vraiment des moments où je prends du plaisir. Et cela, principalement grâce à de petites astuces qui m'ont permis d'avoir toujours des bonnes notes. Si tu suis mes conseils lors de tes oraux, cela devrait super bien se passer. À force de t'entraîner, tu ne vas faire que t'améliorer.

Le paraverbal

« 93 % de ta communication passe par du paraverbal. »

Selon les spécialistes du langage, la communication verbale ne représenterait qu'une infime partie de nos échanges : 7 % seulement.

Ils se composeraient en fait de :
- **7 %** de communication **verbale** (mots et idées contenus dans le discours) ;
- **38 %** de communication **paraverbale** (intonation, rythme et volume de la voix).
- **55 %** de langage corporel (posture, gestes, visage, respiration).

Il suffit parfois de 30 secondes à un jury ou à un professeur qui t'interroge pour connaître la note qu'il va t'attribuer. Ton attitude, ta tenue, ta manière de t'exprimer, le sérieux que tu y mets, le PowerPoint que tu as fait, l'introduction que tu as présentée... Bref, à l'oral, le jugement est très vite arrivé.

Travaille ta confiance, ton attitude, tes regards...

La préparation

La clé de la réussite réside aussi dans la **préparation de ton oral**.

Être bien préparé ne veut pas dire arriver le jour J avec ton sujet rédigé sans t'être entraîné à le porter à l'oral. Bien entendu, tu as le droit de t'aider d'un mémo mais l'idée est de noter dessus uniquement l'articulation de ton discours et ses mots-clés. Le reste, tu l'improvises. En faisant cela, tu es dans l'instant, tu peux gérer les regards, ta tonalité et tu as une véritable présence. C'est plus spontané que lire ton texte, non ? Le problème de la feuille, c'est qu'elle devient vite un refuge, ça devient plus compliqué pour toi d'être à l'aise, et aux autres de t'écouter. C'est un exercice difficile, je le sais. Mais à force d'entraînement tu parviendras à le maîtriser.

Pour t'entraîner, je te conseille de te filmer. Il est très difficile de s'autocritiquer lorsque l'on ne se voit pas. En te filmant, tu vas découvrir tes tics de langage, tes gestes parasites et peut être les incohérences dans tes propos. Et en prendre conscience va t'aider à t'en débarrasser.

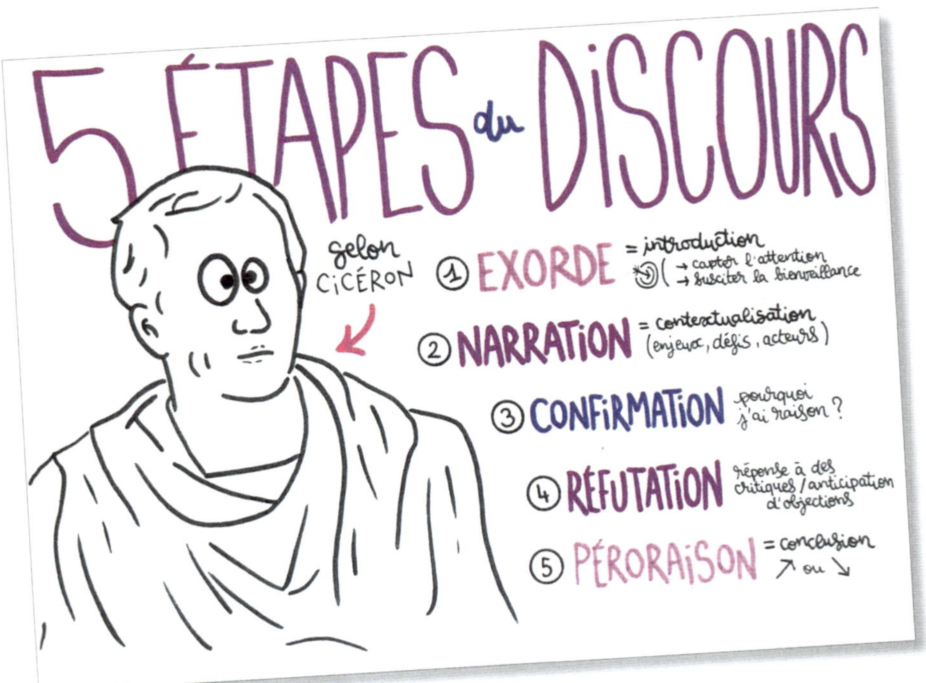

L'éthos, le logos et le pathos

Pour une prise de parole réussie, qu'importe le contexte, il faut allier **l'éthos, le logos et le pathos.** Ce sont les trois piliers de la rhétorique selon Aristote. Mais à quoi correspondent exactement ces mots ?

L'éthos (la crédibilité), c'est toi, l'orateur, le messager. C'est ta manière de parler, de te tenir, d'agir. C'est l'image que tu renvoies et qui contribue à la réception de ton message. On touche ici aux valeurs.

Le logos (l'argumentation), c'est le fond, le contenu. Tu dois avancer des arguments, des exemples, faire ressortir ton raisonnement.

Le pathos (la dimension émotionnelle) est intrinsèquement lié aux membres du jury. Ce sont les émotions que tu vas leur transmettre parce que, pour une raison ou une autre, ils vont y être sensibles. L'enthousiasme ? La confiance en soi ? L'humour, pourquoi pas ?

Si au cours de ton oral, tu arrives à faire appel aux trois, il sera forcément réussi.

La sincérité

Je suis également convaincue qu'un bon oral passe par la sincérité. Pour cela, il faut être dans l'instant et se laisser le luxe d'improviser un peu. Pour ce faire, il faut que tu cesses d'apprendre et que tu commences à comprendre. Un bon oral, ce n'est pas un sujet appris par cœur, c'est un sujet assimilé, totalement compris. Il n'y a que comme ça que tu arriveras facilement à gérer les imprévus et les questions à la fin de ta présentation.

Prendre son temps

Tu n'as pas de train à prendre donc **laisse des blancs dans ton discours**. Faire des pauses te permet d'abord de respirer, et surtout à ton auditoire de digérer l'information que tu viens de leur donner. Sans ça, ton oral s'apparente à un sprint, et il devient compliqué pour ceux qui t 'écoutent de retenir ce que tu dis.

CE QU'ON ENTEND SOUVENT AU SUJET DU BAC, VRAI OU FAUX ?

Le baccalauréat est souvent source d'anxiété pour les lycéens, je ne t'apprends rien. Il est important de faire le tri entre ce qui est vrai et ce qui relève du mythe. En effet, les histoires circulant autour du bac sont nombreuses, qu'il s'agisse des règles de conduite en salle d'examen ou des techniques à adopter pour avoir une meilleure note. Certaines sont fondées, d'autres non. Je vais donc passer en revue quelques-unes des affirmations les plus courantes concernant les règles du bac et les pratiques à adopter lors des épreuves.

CONSEIL
Pour connaître les règles à adopter pendant un examen ou un concours public, scanne le QR Code.

Il faut sauter des lignes

VRAI et **FAUX**, il n'y a pas vraiment de règle : à toi de juger en fonction de ton écriture. Désormais, les copies d'examen ne sont plus à petit carreaux mais avec des lignes assez espacées, donc il n'est *a priori* pas nécessaire de sauter des lignes. Néanmoins, si tu sais que tu écris gros, n'hésite surtout pas à le faire pour aérer ta copie.

Le ruban correcteur et le correcteur liquide sont interdits

VRAI ! Au bac, on barre proprement ses erreurs, et la raison est toute simple : les copies sont scannées pour être corrigées. Lorsque la copie est scannée, le blanc du correcteur peut apparaître étrangement, provoquer des effets de superposition susceptibles de rendre les parties corrigées illisibles.

On ne peut pas écrire avec un stylo effaçable

VRAI. L'encre de ce type de stylo s'efface à la chaleur. En utiliser un, c'est courir le risque que ton écriture s'efface entre le transport et le scanner. Donc au bac, stylo à bille classique (plusieurs au cas où...)

En vrai, on peut tricher au bac

FAUX, ne t'amuse pas à tricher au cours d'un examen officiel. C'est dans la loi, la fraude au bac est un **délit**, puni d'une interdiction de se présenter à tout examen de 5 années (ni bac, ni code de la route, ni permis de conduire...).

Tu ne peux pas sortir de l'épreuve avant la fin du temps

FAUX, mais ce n'est pas une raison pour partir trop tôt. Il est autorisé de quitter la salle au bout d'une heure après le début de l'épreuve. Je t'interdis de sortir au bout d'une heure. Reste au moins les trois quarts de l'épreuve. Quand on part trop tôt, c'est rarement bon signe...

Tu peux arriver en retard au bac

Non, mieux vaut arriver à l'heure. Mais **VRAI**, tu peux entrer dans la salle jusqu'à une heure après le début de l'épreuve, mais pas plus. Et cela va de soi, tu finiras en même temps que tout le monde.

On a le droit d'aller aux toilettes durant l'épreuve

VRAI, tu peux aller aux toilettes au bout d'une heure d'épreuve. Et cela pour que les sujets ne fuitent pas, pour éviter que les retardataires potentiels recueillent des informations avant d'entrer dans la salle. En revanche, il faut que tu demandes l'autorisation et que tu sois accompagné de l'un des surveillants.

On est limités en copies et en feuilles de brouillon

FAUX, les copies et les feuilles de brouillon sont illimitées, c'est l'établissement qui les fournit et tu peux en demander autant que tu veux.

Dès qu'on sort de l'épreuve on a accès aux corrections

FAUX, les commentaires qui circulent alors sont à prendre avec des pincettes. Ce n'est pas la correction officielle, et quoi qu'il arrive tout dépendra, en partie, de ton correcteur. Donc tu peux les regarder si tu veux, mais ne déprime pas ou ne prends rien pour acquis. Ton épreuve est passée, tu ne peux plus rien changer.

Le jour d'après

Eh bien voilà ! le bac est terminé, il ne manque plus qu'à attendre les résultats. Moins d'un mois à attendre. En attendant, il reste un oral à préparer, donc reste sérieux.

Comment savoir si j'ai assuré ?

Ça y est, tu es sorti de ton épreuve. Qu'elle se soit mal ou bien passée, tu n'as envie que d'une seule chose : **savoir si tu as réussi**. Tu as souvent tout de suite envie de comparer ce que tu as fait avec tes amis, regarder les corrections et faire une approximation de la note que tu auras.

Même si certains pensent le contraire, oui, tu peux rapidement estimer à quelques points près la note que tu obtiendras. Elle dépend de :

- la **méthodologie**. Est-ce que tu as bien respecté la méthodologie des différentes épreuves à la lettre ? Dans des examens tels que le bac, c'est en grande partie sur ça que tu es évalué. Si tu l'as fait, tu dois avoir normalement la moyenne ;
- **Le fond**. Il n'y a pas de mystère, l'autre moitié des points repose sur ce que tu as produit. Encore une fois, sauf si tu n'as pas révisé ou que tu as fait un hors sujet, il n'y a pas de raison pour ne pas avoir une majorité des points.
- la **présentation**. Est-ce que tu as rendu un devoir digeste et bien présenté ? Est-ce que tu t'es appliqué et que tu as mis ton lecteur dans de bonnes conditions pour corriger ? Un correcteur ayant une copie propre sous les yeux, une écriture lisible, sera forcément plus indulgent que devant une copie indéchiffrable. S'il hésite entre deux notes, il te mettra souvent la plus élevée si ta copie est claire.

Quoi qu'il en soit, je te félicite ! Même si parfois tu as un peu procrastiné, pas vraiment travaillé, tu y es arrivé. C'est la fin d'une étape, le début d'une nouvelle. Profite de ton été, tu l'as bien mérité :)

L'orientation

L'orientation en classe de terminale, c'est une des deux étapes clés de l'année avec le bac. Il y a beaucoup de choix, beaucoup d'informations, et tu peux parfois te sentir déboussolé. Je t'ai préparé ce petit dossier pour que tu puisses aborder au mieux ce nouveau virage dans ta vie !

Depuis que tu es petit, tu es un peu guidé par le système scolaire classique. Certes, tu as pu formuler quelques vœux, concernant les filières, les options et les spécialités choisies à chaque fois. Mais dans l'ensemble tu t'es laissé porter sur le chemin classique. Après la terminale et l'obtention de ton bac, cela va être un peu différent. Une multitude de chemins différents s'offrent à toi et, pour bien les appréhender, il faut savoir ce qu'ils signifient. Car quand on te dit prépa, DUT, BTS, école, licence tu ne sais pas trop faire la différence.

Voici un schéma qui résume les cursus proposés par l'enseignement supérieur français.

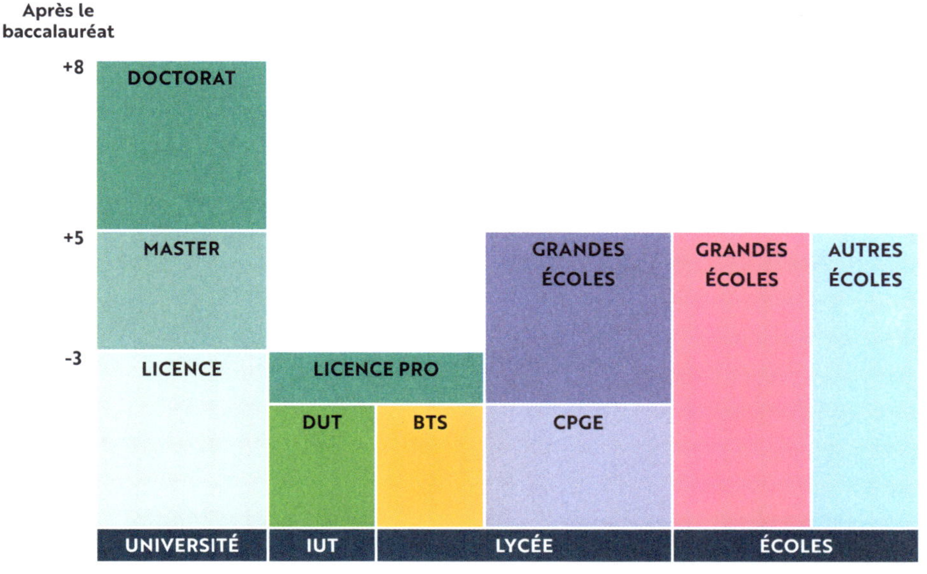

Bien sûr, ce panorama est très schématique, mais il te permet de comprendre quelles sont les grandes directions que tu peux prendre et le nombre d'années que tu devras y consacrer. Rien n'est néanmoins fixé, il existe quelques passerelles pour passer d'un cursus à l'autre, tu pourras te renseigner lorsque tu seras sûr de ton choix d'orientation.

Disons que, à la sortie du bac, tu peux :

- entrer directement sur le **marché du travail** (ici pas de problème, tu arrêtes juste tes études pour le moment) ;
- faire une **formation courte de 1 ans** pour trouver un travail après le bac ;
- faire un **BTS (brevet de technicien supérieur) en 2 ans** dans un lycée, qui te prépare concrètement à un domaine, à un métier ;
- faire un **BUT (bachelor universitaire de technologie) en 3 ans**, dans un IUT (institut universitaire de technologie), dans 24 spécialités possibles, dont communication, commerce, informatique ou industrie ;
- faire **une licence à la fac en 3 ans** ; une quarantaine de mentions de licences existent, dont sciences, lettres, langues, droit, sciences politiques, sciences humaines, économie-gestion, STAPS (sciences et techniques des activités physiques et sportives)...
- faire une **classe préparatoire aux grandes écoles (CPGE), de 2 à 4 ans,** dans un lycée, qui te prépare à passer le concours d'admission dans une grande école (scientifique, littéraire ou économique) ;
- **passer des concours** pour entrer directement dans une école post-bac (publique ou privée), comme le concours SESAME par exemple, concours d'entrée commun à 16 grandes écoles de commerce et de management international.

Selon ce que tu veux faire, **il va falloir que tu formules des vœux sur parcoursup**.

Parcoursup, c'est quoi ?

Parcoursup, c'est la plateforme d'accès à l'enseignement supérieur public en France.

Il existe un équivalent pour les écoles privées, qui s'appelle Parcours privé.

PARCOURS PRIVÉ

Attention ! Parcours privé mène à des formations payantes. Néanmoins, tu ne dépends pas du calendrier ou de l'algorithme de Parcoursup et tu peux t'orienter et valider tes choix tout au long de l'année.

Info sur le site : parcoursprive.fr

Parcoursup est le support majoritaire des choix des étudiants. Je vais essayer de t'expliquer ce que c'est.

C'est une plateforme du ministère chargé de l'enseignement supérieur destiné à recueillir et à gérer les **10 vœux maximums** d'affectation des futurs étudiants français, selon un calendrier précis.

Le calendrier Parcoursup

Ce calendrier varient chaque année.
Consulte le site : parcoursup.gouv.fr/calendrier

En gros, il ressemble à ça :

Mi-décembre	Ouverture de la carte des formations ➔ tu vas commencer à pouvoir consulter quelles formations sont disponibles cette année
Mi-janvier	Ouverture de la plateforme ➔ ok, ça commence à être sérieux, c'est à présent le moment de t'inscrire et de formuler tes vœux
Mi-mars	Dernier jour pour formuler tes vœux ➔ alors là, tu dois finir ta « présélection » ➔ passé cette date, tu ne peux plus ajouter de vœux
Début avril	Dernier jour pour compléter ton dossier et confirmer tes vœux
Début juin	Début de la phase d'admission ➔ tu commences à obtenir des réponses
Durant les épreuves du bac	Suspension de l'envoi des réponses ➔ ils sont gentils, ils veulent éviter de te stresser

Les réponses à tes vœux

Tu peux recevoir **4 réponses possibles**. **Elles arrivent mi-juillet.**

OUI	La structure de formation accepte ta candidature ➔ la décision te revient ➔ tu as 3 jours pour valider ou décliner
OUI SI	La structure de formation accepte ta candidature à condition que tu t'engages à suivre un « parcours personnalisé », par exemple des cours de SVT pour rattraper une lacune
EN ATTENTE	Tu es en liste d'attente. C'est une situation stressante, car tu as l'impression que tu ne seras pris nulle part alors que, bien souvent, les places en attente se libèrent très vite : les élèves qui reçoivent une réponse favorable à plusieurs vœux vont valider un choix et libérer des places ➔ tu peux regarder sur la page de ta formation le rang du dernier inscrit l'année précédente, cela te donnera un ordre d'idées pour savoir si tu as des chances d'y entrer ou pas
NON	Désolé, ta candidature est refusée !

PETIT RAPPEL
Ta candidature est acceptée sous réserve que tu obtiennes ton bac !

Que faire si tu n'es pris nulle part ?

Pas d'inquiétude !

Une sorte de session de rattrapage est prévue.

Mi-juin	Début de la phase complémentaire ➔ tu vas pouvoir formuler de nouveaux vœux si besoin
Mi-septembre	Un de tes vœux t'est accordé ➔ à condition que tu aies obtenu le bac, bien sûr

Voilà pour ce qui est du concret, je t'ai tout expliqué. Tu connais les échéances, mais ça ne fait pas de toi un robot.

Comment gérer le stress ?

Cette année tu n'as pas finis d'entendre parler d'orientation. Ça sera souvent lourd, surtout quand si tu doutes de toi et de tes capacités.

Je ne vais pas te mentir, la phase d'orientation est stressante du début à la fin, qui plus est quand s'y ajoute l'approche du bac.

Voici quelques conseils. Si tu les suis, ça devrait le faire.

1 Anticipe

Plus tu t'y prends à l'avance, moins tu seras stressé par l'échéance.

2 Demande des conseils

Interroge ton entourage, écoute les conseils que l'on te donne.

3 Dédramatise

Oui c'est une étape importante, mais à la fin tu vas te voir proposer plusieurs choix.

4 Gère deux facteurs de stress extérieurs : les profs, tes parents

Le problème c'est qu'en matière d'orientation, ces deux catégories d'individus ne vont pas te lâcher de l'année, mais te presseront de questions et risquent fort de te transmettre leur propre stress.

Dans les deux cas, construis ton projet et présente-leur. S'ils voient que tu as réfléchi et que tu es investi, ils te laisseront un peu tranquilles et te soutiendront !

- **Les profs :** n'hésite pas à les solliciter et accepte leur aide lorsqu'ils te la proposent (conseils, relecture de lettres de motivation, vérification du dossier, dialogue, recommandations...). Ils voient chaque année des centaines d'élèves dans ton cas, donc peuvent t'aiguiller.
- **Les parents :** pour les rassurer, montre-leur que tu as pris les choses en main, que tu es informé de la marche à suivre, du calendrier à respecter... Et pour cela, parle avec eux et explique-leur ce que tu as appris et ce que tu vas entreprendre : souvent le stress est lié à l'inconnu et à l'incompréhension ; dans ce domaine, tes parents en savent souvent moins que toi, tu dois pouvoir les aider.

Comment t'orienter ? Comment faire tes choix ?

C'est bien beau ce que je dis, mais comment faire pour construire son projet justement ?

Eh bien, **le mot-clé à retenir, je dirais que c'est la communication**.

C'est une année où tu dois parler un maximum avec le plus de personnes différentes pour comprendre les possibilités qui s'offrent à toi, découvrir ce qui peut t'intéresser et te correspondre.

Déjà, essaie de **dresser une petite liste** des domaines qui peuvent t'intéresser.

Pour t'informer, essaie de visiter, dès le début de l'année scolaire, un **salon étudiant**.

Les salons étudiants

Ce sont des événements où tu trouveras le stand de centaines d'écoles et de formations. Il y en a un peu partout et régulièrement en France. Renseigne-toi auprès du CDI ou du conseiller d'orientation de ton lycée, par exemple.

C'est le lieu idéal pour découvrir des formations, par domaine, ce qui te permet de découvrir des écoles qui travaillent sur tes centres d'intérêt. Sur chaque stand, tu pourras discuter avec des élèves, des profs et des membres de l'école qui sauront t'expliquer et répondre à tes questions.

Consacre une bonne matinée ou un après-midi à leur visite pour y glaner un maximum d'informations utiles.

Après la visite d'un ou de plusieurs salons étudiants, tu auras sûrement réalisé une petite sélection d'écoles qui t'auront tapé dans l'œil. À ce moment-là, tu pourras te rendre à leurs **journées portes ouvertes** (JPO). Tu en as peut-être déjà fait à ton entrée au lycée. L'objectif des JPO est de visiter le campus et de voir concrètement ce qui est proposé sur place. Cela te permet de te projeter et de comparer les différents lieux. Et plus encore, lors des JPO, tu pourras davantage poser tes questions concernant l'école et la formation.

Le plus important, c'est d'**échanger avec des élèves, des profs** et des représentants des établissements pour déterminer si les formations qu'ils proposent te correspondent, si tu t'y épanouiras.

Cela dit, ces deux types d'événements ne sont pas déterminants. Ils proposent une vision idéalisée des formations, avec des élèves ambassadeurs et des établissements qui cherchent à recruter.

Aussi, pour te faire une idée juste, je t'encourage **à utiliser Internet !**

D'abord, si pour une raison ou une autre tu n'as pas la possibilité de visiter un salon ou d'assister à des JPO, il existe des visites virtuelles sur Internet, et des webinaires sont organisés pour découvrir telle ou telle école et trouver des réponses.

Et puis, il y a les réseaux sociaux.

Ils regorgent de témoignages d'étudiants qui partagent leurs retours d'expérience sur leur formation. C'est l'occasion d'entendre un avis sincère et de discuter avec eux librement dans les commentaires ou en messages privés.

De plus, tu peux aussi consulter nombre de **médias spécialisés** (L'Étudiant, @etre_etudiant, @extrastudentapp, @maviepro.media, @lataupe_media) qui délivrent des infos et des conseils liés à l'orientation. Ils présentent des formations, partagent des ressentis...

Pour aller plus loin, si tu veux découvrir des métiers, il existe désormais sur YouTube et les autres réseaux des tas de vidéos qui suivent des professionnels dans leur quotidien, ce qui peut te permettre de voir si leur domaine te plaît !

Voilà, je crois que nous avons fait le fait le tour concernant l'orientation. **Si tu dois retenir deux choses, c'est : anticipe et communique.** En faisant cela, il n'y a aucune raison que cela se passe mal.

Et n'**oublie pas que désormais on fait rarement le même métier toute sa vie**, donc la décision que tu vas prendre maintenant ne va pas déterminer le restant de tes jours !

Table des matières

CRÉDITS ICONOGRAPHIQUES
Toutes les photos de Mathilde ont été réalisées par **Laurie Bisceglia**.
12 : istock/ZU_09 ; **28 :** Getty images/Corbis Entertainment/Kurt Krieger - Corbis/Contributeur ; **37 :** Cornell University/Photo by Division of Rare and Manuscript Collections ; **49 :** DR ; **138 :** DR ; **143 :** istock/George Marks.

Hachette Livre S.A. – 58, rue Jean-Bleuzen, CS 70007, 92178 Vanves Cedex France

Direction Hachette Pratique : Catherine Saunier-Talec
Directrice de projets éditoriaux : Anne Le Meur
Responsable artistique : Carla Dalvy
Création de la maquette intérieure et mise en page : Stéphanie Aguado
Photographie de couverture : Laurie Bisceglia
Révision : Christophe François
Fabrication : Léa legentil
Partenariats : Dana Lichiardopol (dlichiardopol@hachette-livre.fr)
Contact : webpratique@hachette-livre.fr

Achevé d'imprimer en décembre 2024 par Estella Gráficas (Espagne)
Dépôt légal : janvier 2025
Nuart : 59-8503-8
ISBN : 978-2-01-789308-0/01

PAPIER À BASE DE FIBRES CERTIFIÉES

hachette s'engage pour l'environnement en réduisant l'empreinte carbone de ses livres. Celle de cet exemplaire est de : 1,7 kg éq. CO_2 Rendez-vous sur www.hachette-durable.fr

L'éditeur utilise des papiers composés de fibres naturelles, renouvelables, recyclables et fabriquées à partir de bois issus de forêts qui adoptent un système d'aménagement durable. L'éditeur attend également de ses fournisseurs de papier qu'ils s'inscrivent dans une démarche de certification environnementale reconnue.